逐梦芳华

贾雨川 ◎ 著

中国言实出版社

图书在版编目（CIP）数据

逐梦芳华 / 贾雨川著 . -- 北京 : 中国言实出版社，
2024.6
ISBN 978-7-5171-4871-5

Ⅰ . I227

中国国家版本馆 CIP 数据核字第 20247GD696 号

逐梦芳华

责任编辑：王蕙子
责任校对：佟贵兆

出版发行：中国言实出版社
　　　　　地　　址：北京市朝阳区北苑路180号加利大厦5号楼105室
　　　　　邮　　编：100101
　　　　　编辑部：北京市海淀区花园北路35号院9号楼302室
　　　　　邮　　编：100083
　　　　　电　　话：010-64924853（总编室）　　010-64924716（发行部）
　　　　　网　　址：www.zgyscbs.cn　电子邮箱：zgyscbs@263.net

经　　销：新华书店
印　　刷：青岛国彩印刷股份有限公司
版　　次：2024年8月第1版　　2024年8月第1次印刷
规　　格：880毫米×1230毫米　1/32　7.25印张
字　　数：156千字

定　　价：59.00元
书　　号：ISBN 978-7-5171-4871-5

梦想人生（序一）

吴新财

　　贾雨川是内蒙古作家，跟我交往多年。我知道他擅长诗歌创作，出版过诗歌散文集《丹梦情缘》《午后阳光》。他把新创作的作品集《逐梦芳华》书稿发给我，委托我出版，这是对我的信任。

　　现在从事文学创作的人多，做出版工作的人也不少，能写出真正好作品的作家和作者不多。贾雨川创作的《逐梦芳华》，从书名理解，就能感受到这是一种心愿。我个人理解，这种心愿跟岁月经历有关，跟人生追求有关。

　　《逐梦芳华》一书包括现代诗歌、格律诗词、楹联、歌曲、辞赋等内容，笼统算是一部诗歌作品集。起初，我是不赞成这样出版书的，但细观其内涵，贾雨川是在以不同文学形式、弘扬中华传统文化、书写美丽家乡、讴歌壮美河山、吟诵亲情爱情，谱写党的十八大以来家乡发生的巨大变化，歌颂新时代人民幸福生活的点点滴滴，抒发情怀，旨在倡导和带动更多人传播优秀的传统文化，体验中华文化之美，用心体会文学创作妙趣。

　　贾雨川在政府安监部门、应急管理部门工作，公务繁忙。可他爱好文学，从事文学创作近四十年，乐此不疲，常常在百忙之中，利用休息时间进行文学创作。

　　他是内蒙古地区省级作家协会会员，地市级作家协会理事，旗（县）级作家协会主席。他对当地历史文化的研究和挖掘，对当地文学团体创作的引领和带动，都足以说明他是有责任心、有使命感的人。他喜欢文学，离不开文学，他要用文学创作追求一种人生境界，追逐人生梦想。

　　我个人认为人生的长短可粗略从两个方面理解，一种是生命时间的长短，另一种是精神长度。例如，有的人活到了八九十岁，看似在世间活得时间比较长，但很快就被后人遗忘了，在世间的生活如同一阵风刮过，没留下丝毫痕迹，更谈不上生命的价值了。又例如，有的人在世间未到古稀就离世了，但是在短暂几十年的人生岁月中，却做了让后人不能忘却的事，一代又一代人都可以寻找到他在世间生活过的的痕迹，看到他勤劳奋斗或探索追求的闪光点，这种人的生命长度，远超过了活到八九十岁却无所成就的人，生命价值也充分得到了体现。

　　我认为用文学作品记录人生经历，把对生活的感怀写出来，是可以延长生命长度的，是能体现生命价值的。因为前辈人的生活经历能给后人提供人生借鉴，或启迪。

　　作家和作者创作的文学作品是对生活和人生过往的思考，是对未来及精神境界的探索和追求。对后人来说，这是宝贵的精神财富。

　　贾雨川创作的《逐梦芳华》一书，就是一种人生精神，就是一种对生活的思考和记录。

　　看到这部书，从书名就能理解其意。当然，还有许多内在的或延伸的思想，还需要用心、用情去感受。他没有华丽的词藻，没有脱离生活、脱离群众、脱离现实的故作高深，他是在用心、用情地去感悟生命、体验生活、升华思想。

正常情况，每个人都要经历幼年、童年、少年、青年及暮年等人生阶段，每一阶段都有着不同经历、想法及追求。从一个人生阶段到另一个人生阶段，心中都有着愿望和梦想。正因为心中有梦想，对生活有期待，才使人们面对困难，风雨无阻，继续前行。

人是在前行中慢慢老去，步入终点。我个人认为这种人生过程正是"逐梦芳华"。人生就是在追逐梦想的过程中慢慢老去。虽然年华老去，梦想却一步步实现了。在人生和生活中，既然有失，就会有得，既然有得，必然会有失。这也正是"逐梦芳华"更深层次的含义。

我认为"逐梦芳华"是一种美好的人生寓意。

其实，每个人都有追逐梦想的心愿，然而，许多人却没有勇气解答自己的取舍得失，从而在人生的十字路口迷茫了，选错了方向，降低了人生的价值，缩短了生命的精神价值。

贾雨川能在百忙中从事文学创作，这是对人生价值的更高追求，是值得欣慰的。《逐梦芳华》这部书的出版，是对其人生价值的提升，也是他追逐精神的发扬和延续。

生活是多样的，文学作品也是多样的。文学作品集好像是复杂生活的再现。在人生的路途上，人与人的心愿是

不同的，是多样的。每个人都有心愿，都在追逐梦想，提升修养，实现心愿，人们对生活才有了信心。

虽然"逐梦"是美好的愿望，但必须付出辛苦和勇气，而且是常人难以接受的辛苦和勇气。这种想法和做法都是人生路上非常有意义的。

"以梦为马，不负韶华"。愿贾雨川在未来的日子里、工作中，能实现更多梦想。愿《逐梦芳华》这部书的出版发行，能带来更多的价值收获和社会影响力。

2024 年 4 月 18 日

（本文作者为中国作家协会会员、冰心散文奖获得者）

逐梦芳华，诗卓北疆（序二）

漠 耕

一卷厚实的书稿递到我面前，雨川兄嘱咐我写序言。自 2017 年我的一首诗歌被雨川兄发现并获奖后，带我走上了文学之路。雨川兄是我的伯乐，是我最敬慕的兄长。他对文学的投入和热爱之心，源于血脉基因里潜藏的原动力和生命之光朗照的真性情。他身为单位领导，百事缠身，仍然不忘文学创作，坚持写现代诗歌和古诗词。并且在楹联、辞赋、歌曲、民间文学等方面卓有成果，著作累进。迄今为止，创作了诗歌散文集《丹梦情缘》《午后阳光》、诗词集《逐梦芳华》、中篇报告文学《峥嵘岁月》。编辑史志类文集《乌拉特前旗公田村史志》，主编《牟纳情韵——乌拉特前旗诗词作品选》《乌拉特前旗古诗词》，参与编辑《乌拉特前旗志》等。

他主持并领导着作协和诗词学会两个文学组织的事务，不遗余力地组织了各种重大的创作活动和文化实践活动。他带头参与了"中华诗词之乡"的创建工作，参与"内蒙古自治区第七届诗词学术研讨会"的具体策划及会务服务，组织"甘南红色革命采风活动""贵州红色革命采风活动""乌梁素海诗词采风创作活动"等重大题材的采风创作活动，促进了旗文学事业的生动发展和精品作品的推出。"夙夜在公，宵旰忧勤。文心赤白，追随不倦。怀兹

念兹，秉笔不辍。诗文常在，梦吟芳华。"这是一种对文学大境界的挚爱和植入骨髓的痴迷，更是一种温暖生命的醇厚心性的热血表达。他的情感常常是孤独而高踔的，境界在明月清风之上，情怀在万物涌动之间。他把自己化入诗意，常以禅意入诗，表达心灵的纯白与赤诚、生命的感悟与独见。情随事迁，俯仰兴怀，常常灵感浮腾不已，促使诗文荡漾胸间。

《逐梦芳华》经历了八年时间打磨筛选，终于成熟付梓。成书之际，恰逢旗"乌拉特北疆文化发展研究中心"成立，此书为乌拉特北疆文化发展研究，添上了一缕清香，捧出了一份厚礼。书载七十多篇讴歌新时代和抒发热爱家乡的诗歌和两百多首诗词歌赋楹联作品，内容以"家国情怀、乡愁情结、人生情感和生活情绪"为主，兼融个人志向和心灵境界的表达，饱含了生活哲理的深沉思考和人间大爱的倾吐抒写。这本诗文集凝聚了雨川兄多年心血，原是他袖里藏珍的精雕之作，也是他回归文学本体的探索之作；既是背靠传统的性灵之作，更是绘染北疆的匠心之作。新时代国运兴隆，风帆正举，中华民族伟大复兴浩浩征途，正在蓬勃发展，巨龙高翔。脱贫攻坚、乡村振兴、生态蓝图、人文鼎兴、时代号角——发轫，经济文化发展日新月异，力贯万钧。传统诗词文化正在勠力兴起之际，中华传统诗词美学正在以优秀的文化载体和传播方式，濡染人的情怀和启迪人的心灵，为实现文化自信、自立、自强，提供了厚实的底蕴和广阔的前景。

乌拉特前旗处于中国版图正北方，是民族交错繁荣、人文交融繁盛之地。旗境内有南北秦赵两道长城穿境而过，沃野镇、丰州城、光禄塞、光禄城、河目县、西安阳、受降城、天德军城等一百三十九处历史古迹留存。旗境内黄河蜿蜒流过，阴山南北夹峙，塞外明珠乌梁素海镶嵌其间，八百里河套水网密织其上。南来海风吹送雁阵北归，北国气象携带寒流南下。双流交锋于贺兰山、阴山一线，形成了寒温交织的独特的气候禀赋，孕育了河套"山水林田湖草沙"丰富的地貌资源。风雨润养，天赋钟情，山川雄壮，阡陌流金。辽阔的乌拉特草原北通漠北，东邻乌兰察布，西接居延，南瞰西京。丝绸故道穿行而过，驼铃摇曳传说流淌。边塞诗词煌煌熠熠，战火兵锋赓续绵延。灾荒之年存南北凄苦之人，纳万民于黄河两岸，耕牧畋猎，烟火生息，繁荣衍延，自乐融融。

生长于这样的故土家园，难怪雨川兄的诗文充溢着对家乡赞美之情了。瞩望河套山川地理、涵咏人文传说故事，他岂能按捺住血脉中汹涌澎湃的诗情？于是乎，《河套魂》《家乡爱人》《鱼儿和飞鸟的天堂》《故乡的梦》《特别的旅行》等一首首讴歌家乡的诗歌如潮水般喷出，铺染了河套大地，寄寓了他对河套大地的深情厚意。细腻深邃的笔触，沾染了江南的柔美和塞北的粗犷，以醇厚温雅的风格，抒发了他的审美个性和为诗观念。他的诗观崇尚"通俗易懂，情感浓烈，忧伤沉郁，境界开阔，多渲染铺陈，少抽象隐喻，依靠质朴深沉的文字，表达禅意的心性"。虽然，因表达的需要，有些文字过于直白浅露，但整体上依然是朦胧深沉的，依然是耐人咀嚼的，费人思量的。

逐梦芳华，诗阜北疆（序二）

如《河套魂》"一种乡音勾起一种思念，一片风情唤醒一片柔情／我就是地地道道的河套人啊／日夜守着埋在我记忆里的根／你就是上天赋予我们的河套／你就是我，久久不能忘却的生命里的魂"，诗句感情浓烈深沉，境界开阔大气，表达纯情厚道，物我相融为一。以故乡为根脉，以河套为魂魄，这是多么炽烈的表达，多么热气腾腾的倾诉。

《家乡爱人》"她在西山咀的天池边上梳妆／用乌梁素海清澈的镜子／照耀着魅力鲜活的容颜／她在大桦背峰顶上供奉苍天／保佑家乡风调雨顺，农牧民平安吉祥"，想象浪漫神奇，感情真挚充沛，以诗人的情怀书写了乡愁和心中的炽爱。而家乡的风物景致，在他的纵笔高歌中，赋予了仙境般的色彩，神话般的意境。

写乡村题材的诗歌，关键在于"乡村意识"的建构和"乡村味道"的聚焦。二者须出于"乡村背景的心性使然"才可以深入乡村文化的核心区域，建构起具有乡村灵魂的诗性表达系统。雨川兄生于农村，长于乡野，自然就有"乡村文化生活方式"的熟稔和怀恋。也褒有"乡村意识"和"乡村味道"，也就极容易建构起"乡村话语"的诗性语言表达系统。

"那些蔬菜鲜果，产自丰腴富足的大后套／那些牛羊骆驼，来自生态环保的乌拉特草原／她回眸看着身后深情的土地／微笑，似天边的白云露出蓝色的酒窝"，这样带着浓郁的乡村意识和味道的诗句，带着作者醇厚圆融的心性和物我相融的审美意趣。"白云露出蓝色的酒窝"，这一空灵的意象，对提振全诗诗境，有着妙不可言的作用。

活化视觉，通达感觉，使眼见与心感巧妙融为一体，达到了"诗者，根情，苗言，华声，实义"①的艺术效果。

有些诗作浸透了对人生的拷问和对生命的觉醒，也是对自我价值和意识的思考和回甘。人生一世，不过是七情六欲交织而成的悲欢兴衰、生老病死。然而，又有谁能够参透其中的人生至理和生命循迹？对于获得和拥有、失去和放弃，孰重孰轻，谁又能讲得明白？为了拥有而触物伤怀，为了得到而奋不顾身，到头来不也是两手空空、满目凄凉？必得深思得失之原奥，才能越过心灵的荒漠，抵近明月清风的意境。好的诗作，尽如王维，深得"明月松间照，清泉石上流"的禅境。

古诗词是近年来雨川兄创作的主要方向。作为诗词学会会长，他对古诗词的学习和创作最勤奋，也最投入。他写的古诗词，在格律音韵上颇下功夫，并且利用一切空闲时间努力学习，报网课，读韵书，参诗理，炼字句。诗承唐风宋韵，以贾岛"推敲"为范，严格修辞和出句，讲究尺水兴波，字字传神。其中，他研习杜甫诗作最多也颇有心得。他的托物言志诗，以植物入诗，兼融述志，情怀温厚深沉，字句传神优美。"荒原添美景，固土挡风沙，飘絮生千态，柔枝入万家。春思催绿色，雪落映红霞。苦乐随天意，无求气自华。《柳》""殷红染翠林，山野谱秋

① 白居易《与元九书》："夫文，尚矣，三才各有文。天之文三光首之；地之文五材首之；人之文六经首之。就六经言，诗又首之。何者？圣人感人心而天下和平。感人心者，莫先乎情，莫始乎言，莫切乎声，莫深乎义。诗者，根情，苗言，华声，实义。"

音。老树才歌舞，新枝便抚琴，谁将风景看，我把故人寻。又寄相思叶，观来难净心。《枫》"

"抱朴守拙，诗言其志，题咏乡心，赋笔北疆"是雨川兄一直以来秉持的古诗观。他诗词风格雍容沉郁，清新自然，格律严谨，新意迭出。如他写黄河，"奔流九曲长，入海向东方。浪滚轻沙里，渠伸绿野乡。经年传古韵，两岸变新装。浸育人间福，洪波万代扬。"诗句气象雄浑，境界阔大，背景宏伟，抒情自然。尤以"经年传古韵，两岸变新装"描摹生动贴切，言近旨远。一个变字，蕴含了时代之变、生活之变、生态之变及社会之变。多层次、多声部、多色彩展示了河套大地的天赋之美和奋斗之力。

诗无言，情深为诗。当诗人情绪沸腾到极致，必然会出振聋发聩、撼人心灵的好诗。其意蕴美、情感美、意象美、意境美都会达到一个巅峰状态。关键是诗人的视角要高远独特，领悟事物本质的能力要特别优异，加上勤奋思考、潜心炼字、品词琢句、提升境界，必然能写出气韵灵逸、风格高迈的经典诗句。雨川兄深谙此理，也笃行不息。

诗如此，词也如此。在本书为数不多的词作中，俯首可拾锦绣策句，润心华章。美是诗的生命力。没有美存在，诗歌就会心肌梗死，如一滩干涸的河床，了无生气。美国诗人爱伦·坡说："美是诗的必要的关联物和超越任何目的的目的。"诗美是关乎人生命归于本真状态和自由存在的桥梁和通衢。它包含着触感、经验、思想、意识、观念、情感、逻辑和审美偏好等要素，蕴含着人性、精神和品格等内驱力，在人的主观意识的驱动下，诗情会在某个瞬间澎湃涌动，甚至是喷薄而出。如王羲之的《兰亭集序》，就是在诗美涌起、情致荡漾、身心殊赖、感怀乍出之际，顺势而为之作。"仰观宇宙之大，俯察品类之盛，所以游目骋怀，足以极视听之娱，信可乐也。"诗情更加酒意，宇宙周流于胸内，万物抚措于笔端，感慨陡然丛生，浩渺人生，百事成空，唯诗文可存，唯精神可慰。萤灼之光，可至目下，文心之华，远范千古。

"长河东望奔腾去。似万江归路。云转千回，伤情无处诉。//经年愁思梦语。又岂料、薄缘难许。醉酒偷诗，香花逢骤雨。"《清商怨·感怀》好一个"醉酒偷诗"，端是鲜亮至极，清新至极，也新意勃发。有感伤世事之忧烦，有不甘落寞之心力，也有趣味横生之俏皮。其实通篇写愁丝如缕，不绝于心，但起笔放怀至天地之间，以长河奔腾隐喻心境之复杂。一个伤字，扣紧了题眼。通篇似有李清照之凄清，苏东坡的豪放，温庭筠的清丽。婉转屈曲，柔中见刚，雄浑中偶带婉约，朦胧中尽显深沉。细品之下，深觉意蕴丰满，走笔灵动。

"落雁悲鸣，长空下、车流浩荡。离宫室、远行千里，挑帘南望。莫问今朝愁陌路，哪知明日忧戈响。且从北、身便寄匈奴，情开放。//阴山美，云渺莽。坡草绿，天晴朗。看川河急缓，马嘶牛壮。胡汉和亲成使命，床帷止战兴风尚。出塞游、一片艳阳春，心欢唱。"《满江红·昭君出塞》述史评志之作，历代不乏佳作。然能够把史迹与现实融合起来，评说人物功绩，实属不易。这需要"览古今于须臾，抚四海于一瞬"的构图能力，需要深悟人物心灵之光的造

意能力，更需要绘景抒情揉融于一炉的统筹能力。这些能力词作都做得很到位，很有味道。

雨川兄除此之外，他的歌词、楹联、辞赋都有精彩的华章盈箧。歌词深沉温厚，意蕴绵长，耐人寻味。楹联多有精品，在行业和工作中起到点睛作用。辞赋鸿浩，篇秩生香，格律严谨，以古为新。

"逐梦芳华，诗卓北疆"，综观本帙诗集，集诗人心血之大成，赋笔为句，皆出匠意，意追古风，文兴时代。雨川兄在如何为诗，如何炼字，如何连缀成篇，都做到了领范作用。细品诗集，人生经验、哲理思想、诗文美学、情感陶冶俱在书中隐藏。期望诗集能够在弘扬中华诗词文化、引领地方诗歌发展、诠释北疆文化内涵等方面，具有重要的推动意义。

是为序。

2024 年 3 月 25 日

（漠耕，原名吕波。中国散文学会会员、中国诗歌学会会员、内蒙古民族文化艺术研究院副研究员）

目 录
CONTENTS

第一辑 现代诗

目

录

目

录

第二辑 绝 句

第三辑 律 诗

目

录

第四辑 词 韵

目

录

第五辑　楹　联

第六辑　歌　曲

第七辑 辞 赋

附录

第一辑

现代诗

（爱人，幸福地生活在家乡的天堂……）

（一）山河之梦

河 套 魂

远眺黄河飘玉带，阴山回望立长屏
英雄自古空来去，唯有金川显赫名

听，那么清脆悦耳，远古的驼铃
穿越了千年时空，走过了烈烈雄风
演绎了大漠无言，河套呈秀
诠释了荒原有爱，绿野丛生

我的家乡河套
从女娲补天的神话开始
流传着一辈辈先祖
拼搏进取的精神

看那日落长河风雪之夜
战马嘶鸣再起征程
自古兵家必争之地，秦汉长城威武临风
更有那，昭君一曲回首望
文姬二首广传扬
受降城内歌声起，天德军城战报忙
成吉思汗，大军西进浩浩荡荡，勇猛顽强

绥西抗战，军民携手智勇杀敌，战果辉煌
数不清的家仇国恨，写不完的壮丽诗篇
鸿雁徘徊，琴声忧扬，岁月默默疗伤

曾经，战火烽烟已隐去
三千年胡杨美景如常
建设河套，十几万儿女不畏严寒
肩挑背扛
历史的盐碱滩变成了塞上粮仓

而今，幸福的生活打开了河套人的心扉
那一杯甘甜的酒激起豪情万丈心不醉
唱一支山曲儿走上高高的坡
迷人的晚霞红似火
野马的山梁妹子的歌，泥土的清香润心窝
河套人，把农家的幸福
在月光下堆满了小院
把那些独特的天赋品牌，摆上了桌

一种乡音勾起一种思念
一片风土唤醒一片柔情
我就是地地道道的河套人啊
日夜守着埋在我记忆里的根
你就是上天赋予我们的河套
你就是我，久久不能忘却的生命里的魂

家乡爱人

暖风轻柔，雄鹰盘旋的长空下
神圣的家乡一望无际
纵横七千多平方公里的乌拉特前旗
此时沐浴着万丈光芒

我的爱人在我心里跳跃
如欢快的篝火，跃动在夜晚的红山水库边
她的三个兄弟和睦共荣，亲密无间
乌拉山，巴音查干山与查石泰山
各自守护着一片乡土的安宁
她的姐妹众多
乌加河，苏海河，乌苏图勒……
美丽的身材如仙女飘逸的丝带
悉心滋润着家乡肥沃的田野

她在西山咀的天池边上梳妆
用乌梁素海清澈的镜子
照耀着魅力鲜活的容颜
她在大桦背峰顶上供奉苍天
保佑家乡风调雨顺，农牧民平安吉祥
那些蔬菜鲜果，产自丰腴富足的大后套
那些牛羊骆驼，来自生态环保的

乌拉特草原
她回眸看着身后深情的土地
微笑，似天边的白云露出蓝色的酒窝

爱人，不堪回首的往事犹在眼前
阴山岩画风雨中寂寞了几千年
赵秦长城如巨龙环绕在群山
飞翔的大雁勾动了昭君的琴弦
天德军城彰显了大唐的雄风威武
大小佘太讲述着北宋抗辽的厮杀激烈
明安川，成吉思汗的战马仿佛还在奔腾
白彦花、沙德格见证了乌拉特部落的变迁

爱人，最难忘的耻辱就是日寇的暴行
英雄的儿女誓死保卫家园
鲜血的生命换来了今日的和平
革命的胜利驱走了噩梦的一切

爱人，幸福地生活在家乡的天堂
我早已备好佘太地道的纯粮酒
邀请了额尔登布拉格的蒙古族姑娘
安排好乌拉特民歌舞，乌拉山的烤全羊
我想拉紧你的手，为你戴上佘太翠的玉镯
捧起圣洁的哈达，等待远方的客人到来
共叙家乡和谐发展，纵情把酒欢畅

第一辑 现代诗

库布齐沙漠

沃野镇西南八百里，鄂尔多斯北部高原
沙丘流动似黄色的巨龙潜伏，见首不见尾
只有在古诗词里，破讷沙深藏，方肯露面
沙之磷磷，草之幂幂，饮马磨剑石至今无存
风沙四起云沈沈，孤独的诗人不可久留
那时的库布齐沙漠，愁煞了那时的边关将士
愁煞了那时的热血诗人

历史的变迁形成黄河"几"字弯
在它的南岸，沙日摩林河隐于瀚海
于是固定沙地，引水入沙，飞播牧草
那些百里香、达乌里胡枝、阿尔泰紫菀
那些狭叶锦鸡儿、柠条、沙竹、沙冬青
浓密的植被，成了滚滚黄沙的克星
乔木、灌木、草场编织成网
让豪横惯了的流沙无处可逃

响沙湾面临大川，背依大漠，形似月牙
一粒沙子也要保持干净、自由、艺术
一粒沙子也要梦想绿色、润泽、生命
雄浑而奇妙的响沙，给阳光以独特的回馈

魅力的七星湖碧波微荡，倒映着明净的天空
那沙漠下，其实隐藏着石油、天然气和矿藏
那沙漠里，其实蕴含着风、光、热、电的能量

大河迤逦东去，库布齐以它独有的风光
惊动着北半球的眼眸，日渐唤醒的生态绿洲
让人来了一回，梦想了一回，感慨一回
起伏的沙漠驼影，似把人带入远古神话
躺在温暖舒适的明沙上，清风吹拂
徐徐进入梦乡，体会到心灵深处的
一片净土

第一辑 现代诗

阴山岩画

是一种对图腾的敬仰
对心灵的探索
对远方的追寻
对生活的渴望

风把岁月雕刻在石头上
为了纪念，为了传承
那些牛羊、驼马、战争
那些符号、星辰、预言
我看到高山上孤独的瞭望
看到山的远处黄沙滚滚
由此看到峰火台，看到旌旗
看到蓝天白云，看到苍凉
边塞、路障、关卡和白骨
狼烟、野心和哭泣的女人
历史的凝重令人闭上眼睛
不敢想象，千万年过往

冬日里，岩石冰冷不语
我让树枝挂上白色的雾条
让大地披上淡雅银装

让天空在灰蒙蒙中隐藏
来为先祖们祭奠，召唤
让阴山岩画复活，这样
在四季里便都可复活
便是血、泪、辛酸、仇恨
还有期待、祝福及至玄机

这样的阴山岩画，在北方
在漫长的世纪更叠中
便丰满而独傲世界
在天地无私的宽容里
在人类文明的保护下
便是永远的存在
永远地启迪智慧
永远地绽放光芒

第一辑 现代诗

山水间的家乡

乌拉特前旗就是这样一个地方
沧桑岁月中的边塞之地
而今，变成生态宜居的城市

过去的家乡是摘沙枣、打榆钱的回忆
是荒凉、茫然、忧苦、眼泪和贫穷
稀疏的杨柳掩映着低矮的村庄
芨芨草占据着荒野一望无边
田地里到处是忙碌的乡亲

我在岁月里默默耕耘期盼
猛然发现生活竟如此安详
生态农庄雕梁画栋四季开放
牧人部落哈达美酒歌声嘹亮
山水相依，处处美景怡情
楼群环抱，车流涌动着欢欣

这美好怎么来的
黄河水依旧蜿蜒向东
莫尼山仿佛振奋了精神
乌梁素海换上圣洁的容妆

公园里的广场舞整齐新颖

哦，感谢这个新的时代
山有了绿色，水变得清澈
草原、森林、田地、沙漠都获得了新生
家乡有了精气神

卧羊台生态公园

卧羊台，是有名的古战场
秦时明月汉时关
唐风宋雨几多看
成吉思汗的蒙古铁骑
曾与西夏大军在这里对峙
抗战时期的乌拉特人民
护送英雄们冲向敌军碉堡
再后来多少年，便是一片荒芜

年轻时那里光秃秃的
风起时黄沙漫漫笼盖四野
看不到卧羊台的影子
偶然发现的防空洞，入口很小
钻进去却是曲曲折折
辨不清方向的无数地道

再后来，那里有了一片新鲜的绿色
年复一年，绿色与绿色重叠、扩张
变成了层林逸翠的生态公园
东南上的莫尼山隐隐约约
不时被云雾罩得神秘莫测

西侧的退水渠景观
绕台地蜿蜒向北延伸
天桥连堑，浓荫蔽日
天然氧吧清闲幽静
历史纪念塔，高入云天
碧水欢腾游人展笑颜
站在桥南的城墙上
风鼓不惊，万千感慨
家乡的卧羊台
似述说着一件件往事

醉在牟纳山

那时还是年轻，醉卧在半山腰
夜风忽然来袭惊扰了栖息的群鸟
满天的星月皎辉相映演示未来
秋高气爽，此时入梦刚刚好

闭上眼像仙侣一样环山漫游
一抬脚惊吓得蛇蝎爬虫乱跑
山中的禅意没有时空
一时间忘了自己身在山中

我看到山石深藏着百种性情
月下的树林有着千态娇姿
我幻想着身在虚空妙智百出
成为一个自在逍遥的仙人

我想起你诗歌里的长风、大河
想象你的长发飘然、额头宽展
我呼唤着牟纳山的名字
任凭一轮明月悄悄西去
那一次，醉卧在牟纳山间
如依偎在父母的身边

鱼儿和飞鸟的天堂

这是鱼儿和飞鸟的天堂
这里的传说犹如梦境
游人们急切地等待观赏

来吧，快来看吧
那海鸥，俯瞰着鱼群
那鱼群，追逐着浪花
那浪花，抚摸着芦苇
那芦苇，托举着天空

动人的歌声响起在湖面上
乌梁素海美
乌梁素海我的家乡
那是黄河的女儿
陪伴着我们幸福成长
那是莫尼山的爱人
照出家乡动人的模样
那是心中的女神
私藏着我们梦里的渴望

而在她温柔的怀抱里
那是鱼儿和飞鸟的天堂

故乡的梦

我的故乡，一经想起
便有无穷无尽的真情述说
心里积聚很久很多的正能量
铺天盖地如雪花窗前飘落

故乡的梦啊，给了多少有心人
坚实而持之以恒奋发的力量
改变街道楼房，建设公园广场
农村牧区嘎查村社大变模样
还有我们那些稀有的大地山川
沉重的诉不清的史实文化图腾
仍旧穿着过去灰暗古色的衣衫
流着未经修饰的古老曲调的沧桑
等待着赤子们篆著传扬

今天，重新定位的家乡人啊
该如何实现史无前有的梦想
身居故土怎么能够自信豪情

那便做挥手长城塞上寻古追风客
那便来策马阴山城障探究光禄风

别遗忘放歌平川北魏争端沃野镇
别留恋泊车湖畔汉唐雄风受降城

期盼着男怀吕布豪杰本色兼睿智
祝愿着女有昭君落雁姿容少伤情
难的是长者衣食无忧心宽居家暖
愁的是幼儿健康成长聪慧教育难

故乡的梦啊，多少人的殷殷期盼
想的是人人尽心和谐共圆家乡梦
拼的是万众助力有序同建幸福城

故乡的梦啊，多少人的不眠之夜
清除愚腐顽固，扫荡杂念私心
有智者，有志托举起亿万民生

冬天的风景

阳光照着飘落的雪花
你穿着白色羽绒服站在树下
红披肩衬出精致的脸颊
岁月从眼前数十载走过
不远处楼群有温暖的家

梦境里约定了无数憧憬
浮华的思想如奔腾的马
雪的世界一片洁白
你的冷艳，不需要雕琢
手机拍摄的风景如画

就说这个冬天吧
有好多日子值得祝贺
也有好多人
被病毒扩散的疯狂击垮
我们时刻关注着老人
亲人，带着微笑
把抗疫一线作成诗
把生活培育成
最美丽的花

这一座小山

这一块石头的脸上
原本堆满了花朵
因为情人的眼泪
变成了寂寞的黑色

这一座小山的额头
原本飘满了云光
因为亲人的离去
流失了往日的安祥

我们是匆匆的过客
来不及追忆往事
在这沙德格西北的山上
用手去轻轻抚摸
安慰岁月留下的沧桑

特别的旅行

我在八千米的高空上
看那些山缓慢地爬行在脚下
地上高层建筑小如蚕豆
人类绘制的生活图案曲直如线
清晨，青岛东海岸一片橙黄
渐变成深邃的青黑色
飘荡在内心灰蒙蒙的大雾
让人看不清宇宙真相
我不用担心，航空是特别的旅行
观四方一片澄明，上下界分
回首见空姐仙女般的面容

沉思间，天津港船舶点点在望
天地在远方，仿佛有个界限
一直以为那就是我的草原
看到了，我的心轻轻落下
地面上汽车如蚂蚁驰来跑去
像我的牛羊走在回家的路上

甘 南 之 约

向往已久的甘南
神奇地牵动了我的心
蓝天白云与我同在
藏民与牛羊为伴
与我同行
醉了的心
守护着天堂草原

偶然闯入的阿坝州
看到了前赴后继的红军
看到了热泪盈眶的乡亲
战歌唱响在阿坝群山
送别的场景一度奔泪
长征的壮举世界震惊

若尔盖草原一望无际
不知名的小花传递着芬芳
牦牛与藏羚羊亲吻着草地
野鸭和鱼群水里游戏
景色美到极致
双腿累到不能行走

舍不下这绵绵情思

这一次旅行
看到了无数美景
忘掉了景色中的自己

江南的召唤

我这分离出来的心
总想飞到天上遨游
有一刹那我在想
宁做逍遥飞翔鸟
不羡人间富贵翁
可惜江南不是我的
这执拗的衣服束缚着情怀
大上海风靡全球雄踞东方
万国建筑隔江相望夜色旖旎

我没有迷失方向
何处飘来空灵笛音
梁祝书院万棵青松心颤
凡尘昏昏暗暗难取难舍
白娘子轮回辗转痴情报恩
真心难悟，空塔难奈寂寞
西湖东面的山顶上
洒下慈悲金光荡漾
隐藏在湖底的神龟
向我偷偷眨动眼睛

痴迷让游人风中陶醉
我时刻不曾懈怠
江南如有情人向我召唤
灵隐飞来峰顶的大鹰
叫声传向更广更远

点燃的香火将心的黑洞照亮
于是庆幸我们在父母身边
更多的人找不到家和归宿
四月江南烟雨濛濛
这一行程，缘起缘落
谁在摇动着我的心扉
谁在梦的天堂向我招手
这牵肠挂肚的江南
让我一时无语

邂逅南京

邂逅南京只是偶然
未及细想踏上了行程
六朝十代人物风云变换
雨花台英烈浩气长存
青松翠柏穆然庄严
历史见证刺痛了我的心

秦淮河夜泊流彩
画舫中秀女低语呢哝
河岸边青楼风中失色
仔细来听
是否有乾隆下江南的曲声

玄武湖温润如初
百万年间波光潋滟
五洲制胜，水城相融
高高的城墙在述说古今

古鸡鸣寺香烟缭绕
游人仓皇面无表情
我买下一块块

似真似假的小石头
找不到来时的梦

法国梧桐的枝杈上
总想建个空中小屋
去梦寐里追寻远古
去传奇里感悟灵魂

海棠花痴

相约在北方五月
思绪纠缠，梦呓延绵
花蕊一点香，花丛一簇鲜
美得这笑声飞上了天

天生就爱那香艳美绝的自然
醉心于粉红色海棠花瓣
情感的皱纹爬满河沿
相思挤满花海般的高原

原本也未曾许诺
总在岁月斑斓的不经意中
痴迷在鸟语花香的世界
没有采撷，没有喧染
你把千万海棠花的种子
深埋在心间

（二）风舞花香

有缘人

如果是我的过错

让你有了伤心或悲痛

如果是我的痴心

让你有了牵挂或感动

我的有缘人啊

我原本是轻微的一粒沙

执着的一缕风

想为你带来生命的惊喜

送走岁月的无情

请原谅我笨拙的多余

请忘掉我一路的风尘

今夜的月光

云儿躲进了瑶房
牛羊盘踞了山岗
我怎样停下游荡的心
禅坐里是你焦急的脸庞

风儿吹不走往事
红尘纠缠着苍凉
我怎样放下世俗的缘
回眸中却见你的忧伤

这轮回的爱与恨
牵绊的情与缘
正如今夜冷寂的月光

飞走的相思

亲爱的，我们想一起飞走
却不知该落在何处，春天已
悄悄来临，思念也困惑在角落里
窗外的喜鹊叫声，叫人猛然心动

亲爱的，梦想永远不在家里
我们在远方思念家乡，怀念那些
沉静与憧憬的日子，有时人的心
总会纠结忧郁，像这渐渐黑下来的夜幕

我们在夜幕下的灯光里，回想亲人
生活以至生命，儿时的记忆从心头掠过
恍然才知岁月匆匆，路已走了很远

亲爱的，累了回家吧
人生这一辈子折腾，风霜雨雪都不懂
只有彼此的心，受够了伤才会平静

凄凉的美

只是一种挥不去的痛
长在执着的心里
如同刻骨的记忆
我翻转轮回的站牌
翻来覆去都是雨

你只是说怕冷
而我害怕心死
谁捡拾地上的落叶
谁丢弃长夜的安眠
这样一个难过的缘分
冬牵着夏的手一起来
让人病痛难忍

那谁和谁
和我们有什么关联
冰冷的手
插在冰冷的衣袖
雪下在心里
凄凉成为一种美

心 的 背 影

生气出门的那一瞬
你递给我半块苹果
我停住了脚步
看看你坐了下来
我不知为何找不到归宿
心颤抖着，我已茫然
而我曾经分明
在找回丢失的自我
见到自己却不敢相认
痛恨命运又无法躲避
我的眼睛
何时能看清自己的心

一双深情的眼
窥视内心的丑陋
有没有人
诠释那古时道之相生
没有人
演绎我未来心之缘结

我在悲哀中入眠

而梦中
却是追寻你的不舍
我看着自己的影子
我难以抑制地失眠
我……

你的芳香

我送走了你的芳香
未告诉你我的珍藏
在夏风微熏的晚上
夜幕屏蔽了月亮

马蹄声在歌曲里渐远
草原也进入了梦乡
未斟满的离别酒
润湿了相知的眼眶

星星不是我送给你的
篝火也不是
你牵我的手
让我生出了幻象

好酒诉了衷肠
笑容掩盖了忧伤
眼神透过世俗的纷扰
仍旧那么明亮

我化作一只萤火虫
在你夜晚孤独的路上

你 那 眼 神

你那眼神，刺穿了我的心
你那歌声，碎了我的灵魂
你无数次靠近，我装作无动于衷

因为岁月是把剑，削平了生活的多余
因为爱穿了隐身衣，藏在了受伤的梦境

生命的空间有无数高墙
所以承诺了一个人之后
爱便不能再分享

第一辑 现代诗

眼神里的忧郁

菊花开满窗前的时候
我想起你的紫色花边长裙
还有眼里憧憬的远方

喜鹊优雅地站在树的顶端
歌唱着内心的温暖
一丝风从地面卷起寒冷
让我想起世俗的记忆

缘分一个接着一个到来
都和我的良心有关
几匹马儿驮着尊贵的行囊
等待我解开隔世之谜

如果时空可以选择
我们都能做回自己
因为明天一定会来
因为我们不愿接受苦痛
在杯酒交接的灯光下
隐藏了流泪的心

握住手才能懂情缘的温度
而有多少人懂得
有时背转过身时
眼神里藏不住的忧郁

梦境的那边

我在静夜里冥想
幻境里看到你的模样
这画面挥之不去
睁开眼时已经落泪

红尘世界里我想忘掉自己
你来揪我的心问我何去
风一遍遍吹走记忆
你在生命的角落里哭泣

删掉以往删不了转世的缘
今生的邀约注定也可怜
我在梦境的那边等你
祥光里你看不清我的容颜

早晨醒来

每次的结局就是，早晨醒来
发现我们错过了，太多时光
甚至忘了，关心彼此原来
多么重要，所以只能心照不宣

你知道，许多事，许多人
虽是逢场作戏，却是有备而来
谁也改变不了谁，为了生
真得不想亏欠，为了不亏欠
真得不想死，享受人间荣华
也备受生命之苦，真是累
累到喘气的心，祈求安稳

我来这里，这里有我的宿命
我不来这里，这里有我的牵挂
我可以坦诚地，向你认错
这贪婪的情执，不可控制地
拖到现在，万年之久，而回首
才知来时的路，已那么遥远

生活给的磨炼，是想对我保护

只是你也那么累，而且无法
认清事实，而我们之间
爱或者恨，其实已不重要
因为在梦里，也能惊醒
就如多年前的妈妈，问我
几时回家，而我早已，内心羽化

我在寻找，一切真相，因为
丢失的东西太多，醉过的日子
写满了伤痛，那种无力感
很多人都能体会，却在伤口
愈合后重蹈覆辙，而我在重塑
坚强的内心，这个世界的规则
让人只能强大，以谦卑的举止
完成使命，对自己渐渐生出
怜悯之心，想抓住爱的这只手
软弱，无力，无奈，像是
骨折的人，咬着牙含着泪
等待明天，变得更好

早晨醒来，希望一切是崭新的
就像伤感，焦虑，从未发生
而胸口的压抑，要慢慢清除
生活的节奏，不容懒散

就是这样，站在身后
看你镜前的认真，直至等到
眼神那样坚定，就是这样
迎着朝阳，走进尘世的虚荣
而我只想，闭上眼睛
静静冥想，找回所有的答案

这一杯酒

这一杯酒
酝酿了三十年
我在等
你端杯的时刻

总得等我倾诉完心事
你才能懂吧
总得等你过滤了人生
我才能说吧

我等这一杯酒
泪已干，心已枯
而酒中的故事
不足为别人笑谈

可是我，可是你
酿好的这一杯酒
也酿出一世的沧桑
这一杯酒，等你给我
来疗我无尽的相思
来解惑这困扰的人生

红尘里的相遇

我没有故意躲避
只是潜意识里忧郁

你若懂我的伤心
我便不伤心
你若懂我的痛苦
我便不再痛苦
你若懂我的心
我心里必有你的烙印

我和你的缘分注定如此
你若执着这场缘分
你便是我
今生难以忘记的人

感谢红尘里的相遇
在生命短暂的规则里
让思念入梦
让春天的风
在微笑的脸上洋溢

如此珍贵

都是在我的大意中
感觉失掉了什么，或被人算计
父亲趴在黄昏的窗台
探头看过往人心真伪
答应补偿过失的前世
留下太多疑惑让自己承担

我把你揪入梦里
牵你观赏灵魂演示
北山上绿野如新
麋鹿狂奔，直冲山顶
又在峰峦间盘旋漂移
多么美的画面
然而隐隐的恐惧袭来
我拉你的手返回
原来周围也有群狼偷窥
手无寸铁，连根棍棒也没有
这就是生命来时的恐惧

我边跑边向路边搜寻帮助
发现你已跑进前面的危险

我担心，想牵住你的手
减轻你的恐慌
那种以命相搏的决心
让我猛然惊醒
你在我生命中如此珍贵

展开此生彩绘长卷
梦里梦外无从把握
悄悄走近看你熟睡的样子
你恼怒斥责
又来无故叨扰

走出你的背影

谁夺走了我珍藏的梦
闪烁的露珠在月光下
也湿着说话的眼睛
古生代关于灾难的预言
无人猜得透其中隐情
就一个埋怨的动作和眼神
夜变得那么黑
一切缘起皆已沉默

我背上你的眼泪吧
我行在深邃的海底
往事昏昏
心如忽高忽低的暗礁
过去转眼成空，空不了的
才会有今天的结局

尘缘有散
我看着别人一路的笑容
踩着自己的伤
走出你的背影
墙上嘀嗒的钟声
滑过的岁月好痛

（三）掉落的声音

写于冬季的诗

喜欢唱悲歌，醉烈酒
你的眼睛红了，还说没事
我们不曾约定，只是在等
蝴蝶与花的舞蹈，还等
秋风与初雪的别离，看冬天
肆意走过，留下眼泪或笑容
学会骗自己，就得历经磨难
哪有什么春花秋月，或春华秋实
天这么冷，睁开眼就心知肚明
所以一切都不能变，还坚持着
唱悲歌，醉烈酒

按照人们所认可的，正道或正义
虚假地奉承，强烈的撕扯感
像急着飞出笼的鸟，可是听人说
心灵也会饥饿，甚至还有
思想被挤得干瘪或挤爆，你还
在歌里唱着西口风，还使劲地
唱出悲壮感，那感觉

就是酒杯掉在地上，碎了的感觉

我游走在黑夜的空洞中，冬季
人的自私比瘟疫更可怕，然而
孤独心与寂寞心，不在同时空
说缘吧，在哪里，谁看得见
说情吧，该往何处，世间最难
总不能落个死里逃生，才醒悟
眼神里的无奈，终究会
战胜心底里的贪婪，也会
满杯地灌下酒，豪爽地说一声
好酒，好酒，掩饰了生活的
那些春夏秋冬，还有记忆
十里桃花飘香的梦，被惊醒后
藏进了这个冬天，是的
这个冬天，会被很多人记住

拉出心里的渴望进行谈判，有谁
没有流过眼泪，而假如有人
改变了这一切，谁敢保证
对原来的一切就是公平，或者
我们怀念的好多时候，或场景
或者人，都是对现在的伤害
所以在冬季，更容易体会人生

在寒夜，更容易想念一个人
而想念和体会，是应该的吗
而我们期待春暖花开，难道是
心口上的伤痕，需要愈合吗

关掉刺眼的灯光，在黑暗中
有人害怕，其实最害怕的
是我们内心没有光芒，或者
我们的心被上了锁，幸福的锁
痛苦的锁，麻木的锁
我们想不清太多事，内心渴望
就还是一如既往地，等待
继续唱悲歌，醉烈酒

第一辑 现代诗

物是人非

枫叶飘远了
记忆从秋走到冬

多少年以为的希望
原来在某年某月
不经意丢失

让风把这相思刮走吧
刮到哪里也好
假如刮到你面前
你是否熟悉，是否记得

人常说缘分
而我痴迷于缘起
却忘了，天长日久
早已物是人非

掉落的声音

时空没有留下烙印
我是父母欣赏的作品
我是你作品里的
一段往事

我和好多人
讲不清事实
就如树叶
不懂风的无依无靠
而责怪它的摧残
就如高山
不懂水的坦然自若
而鄙视它的低下

苍天白云
都有自己的轨迹
泥土满怀着深情
孕育万物

我拥抱着秋天
像拥抱着我的孤独

黄昏涌动着彩霞
我拥抱着春天
像拥抱着我的梦境
清晨弥漫着温馨

我没有牵着你的手
只是轻轻一笑
我听到了眼泪
掉落的声音

我只是看着你的背影
一直没有说话
我听到了眼泪
掉落的声音

紫丁香花开的时候

紫丁香花开的时候
你说忽然想起我了
浓烈的酒潮涌在次日清晨
我迎着太阳升起的方向行走
看身边飞驰的车流
冲向时间的三岔路口
攥紧的手包里写满了故事
在飘散的香烟中追逐着自由

唠叨的女人为了生活奔波
而定格中她就是孩子的亲娘
我没有多余的眼泪留给岁月
面对眼前的一切以及规则
敲掉头脑中那些昨日的残梦
看风中摇摆的枝叶说着不舍
我想我该是倔强的武士
挥剑斩断时而萌生的藤蔓
我可能过于诚实了
所以身体的某个部位会有些痛

紫丁香花开的时候

我迎着太阳升起的方向
感恩生命的馈赠和富足的思想
精心打造属于自己的家园
紫丁香花开，那清香
飘满了整个城市

我要向一朵花认错

我要向一朵花草认错
是的，我得承认自己的任性
为什么抚摸它柔弱的花瓣
让它感受到我情感的脉动
为什么书写它悲情的诗句
让它掉下露珠般的眼泪
为什么向它无数次倾诉
让它体会我的多情与缺憾

是的，我没有想过花的心事
我频频惠顾，却不告而别
继续我繁杂忙碌的生活
我只知道欣赏与拥有
我只是不想错过花季
却无视对这朵花造成了伤害

现在，我很担心它是否枯萎
而我与花有了遥远的距离
我在梦里去安慰它吧
看到它已化作心底的泪水

记忆的掉落

女：我们是蓝颜知己
男：我们好像缘分很深

男：看着你闪动的眼眸
　　满脸的笑容
　　听你内心的渴望
　　真想做你的知音

女：看着你额头的汗珠
　　疲倦的神态
　　听你睿智的讲解
　　好像是你的学生

男：不，感觉不会错
　　我离你很近
　　你离我很远
　　我带你数天上的星星
　　你在想山顶看日出

女：我就想放纵一下
　　除了牧鞭的方向

还有曙光的源头

男：我就想闭一下眼睛
　　除了记忆的掉落
　　还有明了的心

此念无人知晓

我在延绵起伏的梦境
潜心路过你的方寸灵台
看到你寐在香榻的情牵
感慨我们是不同季节里的人
我想撩起你微风的青丝
安抚你眸光中的泪痕
却怕扰动了梦的甜

因地里的那一念起于何时
已无人知晓
我有熟透红润的鲜果
深锁着我心的爱与贪婪
却不能施舍与你
这世间的规则会烧灼人的心
我入梦时你不在梦的结界里
你入梦时我找不到梦的方向
看桃花十里纷纷落
看江水长天一色终无我

松间亭台好想你来饮酒
好想醉几度春秋再说余生

这三千世界虚虚缈缈
好想你也梦醒我也梦醒
心地上再不落一尘
万丈祥光中看不到缘的痛
看不到无人知晓的纠心

那年的海棠

那年雨后

五月里弥漫清香

你在海棠树下

妩媚红妆

海棠花美吗

我要流泪了

风吹落花瓣

你没有做我的美人

霓虹灯昏昏欲睡

我吻着你的忧伤

醉酒，沉醉不醒

在你终于转身离去后

心痛地喊着：

海棠，回来

回来我的海棠……

情 感 档 案

有时我真的想不明白
为什么又醉了酒
我知道有几样东西可能丢失了
比如我的矜持和谨慎
有些记忆改变了，比如我
收藏于心的情感档案

每次醒来都是后悔的
因为没有管住自己的内心
那种不设防的放松和随意
那种真挚的感情宣泄
仿佛回到了梦里，而现在
我像个犯了错的学生
战战兢兢，怕真的做错了事

我是不是想把这梦一直留住
我其实，在这样美好的相聚中
释放了内心的压抑
而我内心，真的被压抑过么
我是不是怀疑了人生

第一辑 现代诗

反正是又醉了酒
和这群真实坦荡的同窗好友
我就做个诚实的自己吧
清晨，该去打理我的生活
也将这揉来揉去的心
整理归档

别了，我的爱人

别了，我的爱人
不要流泪，不要送行
我的心在远方
注定孤独地流浪

别了，我的爱人
红尘迷惑，梦如祥光
这辈子依旧欠你
只有烈酒懂我的伤

永远爱不够的夜晚
浪漫与现实纠缠
我要去云之巅海之谷
找回内心深藏的安然

别了，至亲的爱人
痛就是那舍不掉的眼神
就当秋叶已落、冬雪冷
就当我是个过路的人
把这几十年的浮梦
化作一缕清风

（谨以此诗，送给一位刚离红尘的朋友，以及他深爱的
妻子。）

不要再说分手

每次你说分手，我就想离开你
寻找平日不敢触碰的缘
可你住进我的心里，我总是走不远

听到你说分手，我心里害怕得痛
本来没什么可怕的
就怕这时光走得太快
我不在了，没有人好好陪你
你若不在了，我如何面对心的撕扯

不要再说分手，前世的人已经泪流满面
我需要心的安稳，就连你一个委屈的眼神
也觉得伤害不起，自从你住进我的心
我就成了脆弱的男人

宁静的远方

远方张开了翅膀
我开始想念一个人
寂寞时不要开音乐
让心自己飞翔
或许时空
还是静止的好

白云悄悄来去
我闻到草原的气息
座椅上的一本书
让风翻开来
无序地读

那字小了些
渐渐模糊
变成她的脸
微微笑着

远方宁静
雄鹰开启了旅程
我想起了童年
曾经坏坏地笑过

深秋之念

深秋隐藏了寂寞，隐藏了内心
岁月匆匆，执念下喧嚣难收
只等落叶来安慰滚滚烟尘
不要问候，只怕三两句又激起了波澜
热情是平等的心灵呼应
疏远的，偶尔冲动的，悄悄思念的
四面来风，让好梦无端焦急

不厌倦任何冷漠，习惯了就好
不亏待每份真情
缘分说来就来，说走就走
不能让遗憾雨中停留
我想看清楚这世界
山高路远，你在我的什么位置
总能揪扯得心痛

安静的人，欣赏生命里的山水
我却追风赶月这么多年
累时看着天上的小星星
很想浪漫地去飞翔
秋天又在执行它的规则

便只敢说我能做的事
只能承担我说过的话
这一切，本来如此

光阴摇晃着人生的散乱
和谁相见，对谁怀念，还是让这
晚秋的寒意，告知我所有未知的答案
秋风尽处，看到时光侵蚀过的笑脸
是的，珍贵的笑脸，那笑脸
让我泪流满面

第一辑 现代诗

保持距离

我看到你了
拿着手机，同别人讲话
你看到了我，或没看到
眼神淡定，睫毛微翘
我想起年轻时的我们
和现在一样
保持着距离

那时，花开无期
雪落无痕，那时
心情被阳光洗涤
我们在一起玩耍

岁月溜得真快
生活扼杀了太多梦想
此时，你掉转头
继续通话，向前走了
仿佛没有看到我
我也是，笑一笑
假装没有看到过你

在拥挤的人群
我站了很久
想缘分这个东西
比游戏更无情

有时候，许多人或事
保持距离，也许
是最好的相处方式

静下来的世界

所有的开始都注定了结果
所有的结果都在预料之中
所有的人都终将远去
所有的梦都终将实现
或者都将破灭

窗外这大雪，飘飘落落
封闭了我的思想
封闭了我的情感
我在独处中闭上了眼睛
感受这静下来的世界

高山、城市、楼群
激活了我的情怀
我不愿伤害每一个
与我有缘的人
而他们之间
却因误会受到了伤害
我知道我与大家
深厚的前缘尘事
而他们之间

却不一定相容、懂得
所以珍惜缘分
遵守约定，保持默契
每个人心灵都有脆弱时
所以祈求不要相互伤害
伤害了谁
都是至少两颗心的疼痛

没事的时候
总想着写一首诗
生活中除了诗以外
还有琴棋书画
花酒茶，还有爱
以及为爱而承担的责任
还有远方，未来
以及亲人的快乐、微笑
所以坚强地活着
才对得起天地父母
还有人间所有的馈赠

闲下来的时候
还想弹一把古琴
既雅致有韵味
又悦己而怡人

第一辑 现代诗

忘掉岁月抹平的记忆
陶醉在心的神往
如李白，一醉能销万古愁
如江湖，一笑泯恩仇

（四）守护心灵

写给老师的信

老师，智慧的大门是否向谁都打开
我父亲说烟酒有毒打斗伤身
经典说香色蚀骨恶语伤人
现实告诉我亲情难耐也伤心
你看世界什么都还没有变
风走了，猫跑了，麻雀在争吵

老师，我放下恩怨情愁了
我的时间被人占据，空间被人占领
我活在空中，我厌恶那些不友善的
恶意的虚伪的愚蠢的眼神
我甚至想笑到哭而后哭到笑

老师，我总想着等待天明
天明和天暗都是一个天空
有什么好期待的，凡事都无常
所以我说那是无奈的命啊
你不来我的缘分里出现
我在自己的梦境里创造美好

老师啊，请教给我智慧吧
扶正压迫我神经的椎管
拔除刺激我心脏的锋芒
也请出住在我心里的情人
让我自由吧，让我飞翔
让我像水一样流出音乐的美妙

老师啊，我已经是衰老的小孩
痴看着风光飞转的年华
微笑着向您问好

写给学生的信

基米尼苏丹
我眼睁睁地看着你受罪
而无能为力
你那样尊称我一声师傅啊
让我流泪
这星辰为谁陨落
情缘被谁识破
而我们在原地
时空堆砌成一方方
矮小的墓地，我们从尽头出发
到另一个尽头
去见证道德与博爱
挽救自甘堕落的灵魂
而你在中途醉了一场
便忘了自己
对着烟云聚散的过往哭泣

基米尼苏丹
每个人都有与生俱来的使命
所以要充实强大自己
有老人和幼小需要我们照顾

第一辑 现代诗

而这不是全部
还有更多行色匆匆的过客
我们必须开启智慧
来迎接霞光万丈的春天

相欠与相逢就是孪生姐妹
在物欲横流的色彩中
我们做别人眼中的稻草人
却要微笑在蓝天白云下
守着自己的信念和尊严

夜幕下的狐狸

我没有躲过晚风来袭
孤独的狐狸在路边迟疑
夜幕瞬间吞噬了幻想
光秃秃的树杈扑朔迷离

寂寞的轰鸣耳边响起
狐狸的眼光隐藏着神奇
相逢是前世注定的情缘
思绪飞腾穿越无边无际

这夜色刺得心怦怦直跳
俊秀的女人披上美丽的狐皮
青山黯黯仿佛哭干眼泪的老人
雨雪纷纷怎知是哪颗心在抽泣

累生累世的纠葛碰撞重演
这红粉的女人和金黄的狐狸
谁扰了无始以来清苦的修行
谁伤了前世今生痛楚的记忆

安 然 入 眠

风说，你该回来了
雨说，你该回来了
云说，你回来吧
太阳说，你回来吧

每次听到呼唤
都会泪流满面
我在许久许久的梦中
看到爱恨交织的世界
原来缘分这个词
骗了人类千万年
在静下来的深夜
大雨冲洗着伤痛的劫

母亲用她的苦难渡我
情人用她的怨恨渡我
伤害摧残都是命里的贵人
万物用悲情渡我

在宇宙庞大的心脏里
我开始安然入眠
我仿佛晴空里的一朵云
绽开满是期待的笑脸

对　话

我问山
这千万年的坚守
你在等待什么
山顶的白云皱着眉头

我问草原
没有上天的眷顾
默默忍受这干旱与荒凉
如何坚持得下去
草原的风徐徐吹过

我问牧人
这经年累月的放牧
酒肉穿肠的酣畅
你的梦想在哪里
牧人唱起了悠扬的歌声

我问自己，肠转千结
不知该说什么

我无数次问天

无数次问地
我在万丈红尘中
无数次落泪
在泪光中
看到了强大的自己

不再问天了，不再问地了
我在禅寂的微识中
不再落泪了
我与我，在久久地对话

恍惚

山化为了灰尘
水变做了云气
你忘记了过去
怨恨，而焦燥不安

我的视线中
远行的偌大龙舟启航
无数的人群
从森林、草原、山野
被洪水吞噬
那时我掉下眼泪
至今挂在脸上
被称作软弱

生活中的一些小事
和灾难、战争、瘟疫无关
生命里的每一次誓言
其实都并不合理
可惜你，始终不能明白

今夜，穿越过无量劫

生死疲惫
莲花在清光下闪现
灵魂不归
如离家的孩子跌落黑暗

奢望你点燃一盏灯
与我同行
却发现，天高地远
山重水复
心痛是那般的无奈

谁能将这滴血的寂寞
吹奏出妙曼的乡音
听，远处那声声召唤
却无人能懂

高空观想

飞离地面的那一刻
移动的城市越来越小
一波波云层向下落去

这是个即将到来的傍晚
太阳逐渐地红着脸靠近
我欣赏到它从未见过的
多维脉络，模式转动
还有经久的光芒的慈悲

南方的边缘出现了幻境
如同大漠上寂静的荒野
几簇草丛围出了完美的腰线
荒野之外有闪着暖光的楼群
楼群错落，不似人间
有着令人胆寒的威严
仿佛另一处天地

我惊奇地发现
太阳不是落进西天海里
而是钻进了传说中的火墟
火墟之上有清流升腾

围绕在金乌城四周
金乌城上空有长龙飞过
神秘的城隐藏着玄机
太阳缓缓下去了
金乌城延伸出漫长的海岸线
横亘在清流大洋中间

飞机下面是厚厚的云层
如万亿只沾满泥土的绵羊
大地被覆盖得透不过气
只有零星的光点从缝隙出来
然而云层未遮掩的空处
人间密密麻麻的生存摆布
形成井然有序的图案

火墟在远处隐隐内动
有大鳄和巨型鱼游进天角后
远方的天变成了模糊的
沼泽地，在某一瞬间
黑暗笼罩了思维的触角
而俯视人间万家灯火
久久地闪耀在宇宙间
夜幕下，生活总是五彩斑斓
一座如凤凰飞翔的城市
触动了我敏感的某根神经

生命的轨迹

一个人的梦假如毁了
毁在我昏迷前的一次次挣扎
世界便会在我的意识里
丧失，唯我在半夜里
在远离凡尘的寂寞里
还要孤独地思考

思考我那些没有实现的幻梦
思考我那些爱遍体鳞伤
泡在装满泪的记忆瓶里
我用昏迷的方式搜索答案
每个细胞都充满信号
我的存在是无法否定的因果
我倾听来自自然的声音
昏迷中出现久违的禅音
那声音一遍遍告诉我
闭上眼感受真实的世界
看真实的自己
就像现在自由自在地

选择随意的飞翔

选择找回属于自己

生命的轨迹

守好这一颗心

我悟不清这太虚的道
度不过这宿命的劫
红尘几番情已碎
世事无常志未坚
何苦动了这离乱的凡心
偏爱这燕语呢喃
春花秋雨，山歌水声
走不出当初设下的迷魂阵
找不回修为的心

希望这一切就是一场梦
谁在梦的边缘牵着我清醒
我在盼什么呀，在等什么
却等得我履履坎坷，处处伤痕
回头望苦海无边
日月已退，夜雨叮咚
孤灯下没有怜惜的人

这就是上苍的惩罚吧
在生命最脆弱的时候
更需要强大的内心

面对孤独、挫折和痛苦
更明白生活的真实与无情
青山依旧，流水无声
此生该受的磨难都要承受
该了的缘终须要了
心如止水，再无报怨

男人不需要眼泪
生命不敬仰懦者
不负千万劫的苦
便要守好这一颗心

（五）高原的风

明天没有出现

明天还没有出现
而我知道它始终要来
甚至透过触角的缝隙
感知它颜色的深浅
速度的快慢
以及被撕空的疼痛
还有，我的明天
不同于你的明天

被扰动的空间
没有证明它的存在
被接待的人和事
属于心抖动时掉下的碎片
玄境中的门眼闪忽开闭
不需要数学家熬夜计算
让所有仙女都来接我吧
像我们挂起的夜幕
在光波的扫射下化为虚无

我在你流动的眼神里
看到影像的生产与废弃
我在你迷幻的世界里
看到心力的纠缠与摆脱

我醒来看世界
此时不是明天
你和我重叠的暗角
或错失的盲角
让世界不停地流动
心一滑启动了微电压的闸
我跌落在空间与空间的夹缝
物理学不再上堂讲话
我与我形成无数幻影

我闭上眼不再思索
就如明天还没有出现

桃花要开了

路边，桃花快要开了
我走得很盲目
不知道你的心
停留在哪个不眠之夜

风沙刮了一整天
尘土撒满了街道的角落
直觉告诉我
这缘分挂在树上
迟早要碎
而车流不辨方向
四面八方地走

我看着太阳定位
把自己定在了原地
是啊，该歇歇了
让时光随意地走吧
让梦也悄悄地来

初夏的思考

我想饮酒，中午昏昏沉沉的
大城市的拥堵像传染病
行人匆匆流向没有方向的方向
对面的女孩赤着脚光着臂膀
手机的空间有些窒息

我一个人，不愿意被风吹
东倒西歪靠别人没有好处
感情的碎片，被油锅炸干
我不吃焦黑的烧烤
屏幕的灯光把视觉挤得昏暗
我不睡在酒后的无聊中
给我一杯干净的水
这生活，这滋味
生养我的土地想不明白
明天是今天等来的结果
还是昨天延误了的行程
我不想坐在
失控情绪的想象里
我听不见周围的声音
周围已没有我

被遗忘的猴子和松鼠
钻进初夏的粉饰中思考
东南西北飞来的麻雀
吵得生活恹恹欲睡
各种不幸，揉红了眼睛
包括微笑在风中的凝固
出一趟远门带回的好天气
够家人高举起晚餐的酒杯
捏泥人将很多不愿离去的思想
捏回泥土的原形

生活总显得凌乱不堪
而被总结出井井有条
现实总是无情地
击碎了梦想
生活的磨难让人不停地
升起信仰

飞翔的翅膀

一个婴儿出生了
几声啼哭
被捧在了手上
他的母亲笑了

一盏夜灯
照亮了父亲的脸庞
月光带着星星布局
寄存了所有愿望

就这样一个家
绯红的笑脸迎接太阳
就这样一个梦想
每一个早晨都充满了希望

忘记了生老病死
祈求着幸福安康
就这样耕耘人生
生活有了飞翔的翅膀

高 原 的 风

高原的风
吹散我一次又一次点燃的烟
想让我无所适从
我怀着对先祖馈赠的感恩
迎风而上，踔厉奋发
无暇顾及衰老的颜容

高原的风
吹醒我一次又一次醉过的酒
想让我痛不欲生
我怀着对天地宽容的敬畏
逆风而行，身心疲惫
无法触及真实的灵魂

平静地活在当下
忙碌得忘了劳累
将我的尘缘洗了又洗
才知梦真实了又模糊
心破碎了又重生

母亲节之夜

他的心里满是苦
你谴责他不如别人的地方
他的眼里满是泪
你讨厌他面容的沧桑
他为生活拼尽了生命
你鄙视他不懂得健康

你在抱怨中睡着了
他在忧虑中失眠了

你在欣赏母亲节子女给的礼物
他在思念他的母亲哭泣
你怒骂他喝醉了酒
却看不到他碎了的心

那一场战争中的少年

那个世纪久远得无人知晓
那个少年的传说被大洪水
冲洗无痕，只存于我的意识
那时，一场诡异的战争即将开始
数以万计的毛角人①趁着夜色
包围了熟睡中的北雁城

飞箭如雨丝落下
被坚韧的裘皮箍弹起
宫殿中的婴儿发出啼哭
夜行的少年一声怒吼
惊起了丛林中的火光
打开师父竹篮中的锦囊
解开了敌人的阴谋

英雄的少年身披盔甲
策马飞奔山头，他的法宝
承载了几千年洗礼风霜
快剑斩断了无数的情丝怨网

---

① 毛角人：指古时少数北方人因披着毛皮，喜欢用羊角装饰，故称毛角人。

晨光初起，少年回首而笑
埋伏在山坡的敌人看到了恐惧

一轮劈魔剑，流光四溅飞转
剑弧划出无数银圈直泻而下
惨叫声此起彼伏，侵略者溃不成军
寂静的宫殿苏醒了
城墙上围满了守护的士兵

这是一场史前的战争
神话的少年救了北雁城的人民
而没有记载的少年
笑盈盈出现在我的梦中

秋天的冷漠

我看到了秋天的冷漠
许多年后才发现
是我不懂秋天

烦闷的夏季是被宠出来的
我游离在夜的天空时
眨眼的星星告诉我很多
关于情感的前因后果
直到星星也累了
我才闭上眼流泪

我找不到自己来的方向
许多人游来荡去
醉看花开花落
却不知这一个情字
会纠缠人一生
直至梦枯心死

秋风吹散了落叶
秋雨凉透了心底
我看过了远方的迷雾
看清了自己

半山坡的早上

以心的无边安放我草原的宽广
安放我奔跑的孩子和撒欢的牛羊
在七月的安静像床上的被单时
蓝天上的云朵跟着风睡着了
枕着青青的山脊进入茫茫的穹乡

静下来的画面像潺潺溪水流淌
山川大地花草树木像国画一张张
有顽固的念头像箭射向我的心脏
隐隐的痛回到我渐渐苏醒的身上

是的，父亲伛偻地站在山坡上
儿子骑着刚驯好的马正奔向远方
睁开眼睛泪水掉在孤独的心上
连同你的叮嘱和期盼我备好行囊

愿每一个闪光的生命都珍贵吧
愿天下苍生顺意安康

晚 安 兄 弟

我不需要你的认同
只要你能记住
我留给昨天的话语
人生处处是无常
选择归宿并不容易

尘埃落定时
谁能坐上我思想的宝马
感受春风秋雨
山不怨水，水不自卑
无论你在何处
怎样感慨
我仍是安静的
存储在云彩间的微笑
知道我的努力

在沉睡的人们没有醒悟前
我不争论，天道无语
宇宙间本没有是非
晚安兄弟

第一辑 现代诗

真实的内心

谁能看清这虚实的人生
那么多勇者在梦海里浮沉

读不懂这变幻多端的天
只看到那些不愿偷懒的牛
累死在闲散的车马前
人们以超然的方式掩盖得失
总担心不像猴子一样精明
不像孔雀一样招人

我忽然特别尊重勤劳的牛
以致对餐桌上的肉食感到厌倦
谁制定了那么难解的游戏规则
让人不能自拔沉溺其间
我冷静地喝干昨日的酒
才发现今朝的泪还在心头
那被岁月干裂的心
藏在了海之深处
却唱着情悠悠，梦悠悠

只有自己知道真实的内心
忘记了痛向着远方奋勇前行

这个周末

这个周末
我的祖先在垒起炉灶
我的父亲在等我回家
我的妻子想把生活磨成诗
我的孩子用幻想创作图画
只有我在时空里睡觉
据说和我一起睡觉的还有一个人
是我同名同姓同生日之人

我此生用来炫耀的
是我累生累世的执着
还有父母留给我的考验
我把残阳最后一滴血
用火烤干
才发现原本一切空有

我整理几十年来的积蓄
想把它们垛在墙角
却发现早已薄如一张纸
只有我的思想舒展开来
飘出屋外

去迎接初起的太阳

这个周末
我得拜见那些虚假如海绵的人
我得慰问那些惧怕得不敢讲话的人
我得与老朋友们说说道与德
论一论缘与人生
这个周末
我想了很多事

最好的诠释

云的影子行走在地上
大地的纹路纵横延伸
谁在山顶留下神奇的符号
心的高度层层落下
直至看到树木、村庄
一望无际的远方
仍然牵挂我的梦想
回归到苍天白云下
如野心的种子落地生根
人，原来那么高远和矮小

曾几何时
风从母亲的墓碑
一阵啼哭地停在我指尖
我红肿的眼睛把清明雨
目送回老家的田地
在这累得将要窒息的时段里
谁还敢挥霍悲伤
喜鹊飞上树梢，又落回地面
像是当年做过的梦
不知不觉清醒在荒沙里

第一辑 现代诗

生活，要回到应该有的样子
心只能受伤地休息

谁能给这人生
一个最好的诠释
月圆月缺，春夏秋冬
来来去去，寂寥时空……

第二辑

绝 句

（野地牛羊追牧马，敖包一拜与天齐……）

（一）五绝

人　生

日落烟云淡，晨归雾雨清。
人生多梦幻，气度自天横。

独　醉

审视杯中酒，浓香似贵人。
低眉无片语，独醉湿衫巾。

夜　思

夜深无睡意，诗酒醉心肠。
年少立宏志，今思在哪方。

（二）七绝

向阳花

生平总爱恋阳光，为看鲜花稼穑忙。
昨日盈开心喜乐，长时妙品意痴狂。

赞五原县诗词进乡村

诗词罕见进乡村，县府崇文施教尊。
古郡今朝兴逸韵，领军河套定乾坤。

春暖忆母

塞北春潮四月回，桃红杏白竞相开。
却观雨水门前过，不见娘亲入梦来。

春游偶感

山前桃李惹春风，十里飘香越紫穹。
却忆花园青涩事，几杯浊酒表情衷。

登赵长城感怀

阴山深处峻峰连，雨过初晴绿草鲜。
赵国长城今尚在，石墙低矮望高天。

贺第三届乌梁素海国际冰雪节开幕

满湖冰雪入身凉，遍地游人化冷妆。
暮色袭来遮不住，霓虹歌舞尽疯狂。

冬至日祭母

村边矮墓献花红，母去经年祭祀同。
欲说无言谁落泪，悲思游子望长空。

浮桥忆旧

东风微雨燕轻飘，远处红楼暖色消。
好似当年情与恨，空余丝缕落浮桥。

祭敖包随感

山峦险峻草原低，矫健雄鹰不肯栖。
野地牛羊追牧马，敖包一拜与天齐。

邻家娶亲

沙柳成排摇绿风，轿车并列起征程。
楼群远眺春光暖，美意祥和闻乐声。

春　景

春满高原日照新，柳堤滴翠鸟欢欣。
长河奔涌传佳事，峻岭风行话古今。

同学聚会感怀

风华年少太虚情，苦学贪求立望名。
今日相逢多感慨，强推杯盏掩无声。

早春忆友

山高水远百城遥，片语传书暖意飘。
常记海边观蟹走，恐惊白鹭窃声聊。

安全监查归来

日暮西天曙色消，驱车光暗过浮桥。
心牵企业归家晚，犹记监查使命遥。

秋

树木萧条风正秋，光阴飒瑟雨还柔。
谁言松柏不知冷，窗外孤单锁怨愁。

牟纳山远望吕布家乡

圣山牟纳彩云飘，百里平滩村落遥。
回望九原多少事，谁评吕布是雄枭。

（注：吕布家乡在牟纳山以南，中滩平原之上。旧时原属九原郡，现为内蒙古乌拉特前旗先锋镇三顶帐房村。）

附：和诗一首

和雨川兄访梅力更召

文/乔中力

古寺重修格外红，清寒院落似玄宫。
阴山莽莽慈光远，梦露朝朝碧宇空。

第二辑 绝句

柳絮飞花

柳絮飞花五月天，风轻日暖惹人眠。
车趋百里禾苗壮，鹰击长空燕雀翩。

晨晓漫步

小园翠鸟戏鸣中，景色斑斓杂事空。
人笑春华离我去，晨光千顷沐微风。

感　慨

盟誓多情几十年，悲欢晨暮似从前。
明知蜜谊随缘尽，孤路清心甚可怜。

释　怀

杏桃不艳追春去，岁月难堪入梦来。
我欲乘风离住世，尘心无碍大悲开。

壬寅年新春

迎春纳福贺新年，日丽风轻别样天。
国泰民安锣鼓震，龙腾虎跃九州连。

迎癸卯新年

朝霞出浴正晴天，玉兔萌欢喜气连。
炮仗鸣空勤贺岁，亲情团聚话新年。

养花记（通韵）

小舍东墙绿叶萋，巽方草木惹人迷。
妻儿不懂易经妙，总把花枝四处移。

老城酒香

佘太老城秋色里，轻风欲转酒飘香。
远归兄妹偶相聚，设宴甘醇醉热肠。

第三辑

律 诗

（窗前听夜雨，院落捡花痕……）

（一）五律

柳

荒原添美景，固土挡风沙。
飘絮生千态，柔枝入万家。
春思催绿色，雪落映红霞。
苦乐随天意，无求气自华。

枫

殷红染翠林，山野谱秋音。
老树才歌舞，新枝便抚琴。
谁将风景看，我把故人寻。
又寄相思叶，观来难净心。

菊

深秋百色藏，院外几枝黄。
玉叶迎风展，橙绸带露香。
诗吟多绝句，酒赞妙文章。
独傲惊骚客，书怀好日光。

荷

幽塘闲独静，绿色晚来新。
细雨摇丝缕，微风舞佩巾。
花红欺粉黛，藕脆惹情人。
最是其中意，流连忘暮晨。

老 子

骑牛倒坐行，关尹跪来迎。
阔耳垂肩立，慈颜气宇清。
文奇言道德，语慧论苍生。
大圣无为智，宗师万代荣。

孔 子

杏林传圣道，曲阜立祠堂。
修订诗书乐，游教列国乡。
博才收弟子，厚德谱华章。
万代为师表，贤名世界扬。

黄 河

奔流九曲长，入海向东方。
浪滚轻沙里，渠伸绿野乡。
经年传古韵，两岸变新装。
浸育人间福，恩辉万代扬。

泰 山

五岳首为东，山高仙境中。
白云游浅谷，绿树向苍穹。
帝相折腰拜，文儒泣泪崇。
古来封禅地，景仰似天宫。

秋　语

农田硕果收，稻黍正含羞。
细雨花间落，清风叶面柔。
情欢舒眼角，色悦上眉头。
借此怡人处，相邀故地游。

小　草

初冬飘雪后，遍地折枝黄。
冷水推枯叶，寒风扫陡梁。
情浓思绿野，愿胜想春光。
身弱雄心足，来年万里香。

京城行

京城游半月，未肯拜高门。
名利伤身痛，诗书慰梦魂。
窗前听夜雨，院落捡花痕。
今日西行远，亲朋笑意存。

青松赞

山川景色长，千树沐韶光。
雨雾傲天牮，风雷立地强。
崖高迎日月，土沃展丰穰。
生命当如此，雄心作栋梁。

王昭君

和亲向北行，野宿在前营。
指拨琵琶怨，沙回落雁声。
芳心多隐忍，边塞少纷争。
日夜牵胡汉，留传世代名。

家乡美

阴山婉转长，素海闪银光。
肥草牛驼健，良田麦果香。
莽原风物足，河套美名扬。
蒙汉同携手，丹心护北疆。

迎新春

春联书喜庆，剪纸绘心声。
花炮如仙靓，灯笼似月明。
佳肴须美酒，福语增亲情。
值此新年乐，祈求共太平。

中秋节

驱车赶路忙，父母盼归乡。
风景凭窗过，山村放眼量。
门前欢握手，炕里醉交觞。
共度团圆日，亲人永健康。

忆童年

村深茇草多，光脚绕田禾。
屋矮门窗小，墙低兄妹和。
牛棚掏鸟蛋，马厩捣蜂窝。
野性无拘束，回思唱老歌。

第三辑 律 诗

123

夏夜约会

月皎风来热，相邀汗湿巾。
明眸纤细手，皓齿玉丹唇。
金戒作婚证，情诗显意真。
但求佳偶悦，好梦便为春。

大雪节气

青山绕水盘，冰面越河滩。
落雪新城顶，迎风老树冠。
冬闲评雅句，酒烈话幽兰。
待到春潮过，花鲜大地欢。

国庆有感

烟花舞夜空，街巷竞霓虹。
桂树琼枝茂，金英玉露充。
九州民顺意，四海业兴隆。
畅饮平安酒，推杯贺国雄。

立冬感怀

田畴花早谢，雁阵向天鸣。
树叶回根土，河滩变水晶。
友归言少意，月冷灼多情。
岁往空无觉，风凉热泪生。

深山空气清

深山空气清，绿野映天萌。
忙碌佳期事，闲谈岁月情。
日舒心境暖，酒畅意田盈。
生计浮尘梦，开怀笑语声。

塞外沙尘暴（通韵）

飞沙大地旋，百米不同天。
闭日群魔躁，遮云乱煞喧。
广原稀绿色，普雨少缠绵。
但筑边疆梦，花香万里延。

祝贺父亲77岁生日

沧桑白发生，褶皱水渠成。

儒雅迟移步，温和慢出声。

家风勤俭足，道义礼文清。

喜寿神思爽，亲朋赞淑明。

（二）七律

梅　花

寒风萧瑟远山横，瑞雪飘扬鼠兔惊。
塞外千乡冰毯冷，孤城几处暗香生。
清高直上彤云去，艳丽招来喜鹊争。
墨客携归添画卷，无为自在任君评。

咏　荷

丽日微风水若星，芳园赤紫惹蜻蜓。
池边幼鸟贪红蕊，岸上游人喜绿萍。
久处淤泥身不染，才离积垢气常馨。
真如本体原空性，化现娑婆绝妙经。

咏　秋

金风送爽四方晴，远望川原硕果盈。
玉米葵花心饱满，香瓜枸杞体憨萌。
农夫奏响丰收乐，牧户传扬喜庆声。
把酒欢歌谈往事，邀亲访友贺升平。

静 思

雨带寒凉竟自流，平常夜色起烦忧。

清风冷意帘前舞，浓酒悲心榻上揉。

爱恨从来肠似断，惜怜此刻梦难收。

真情何处催人识，交与青山数苦愁。

帝 君

——观电视剧《三生三世枕上书》随感

三千银发巧梳妆，心系长天与八荒。

祭月剑锋飞炼狱，封魂精玉锁穹苍。

万生勇战神人敬，六道勤观圣誉扬。

闲处纵情因果落，浩然正气一壶觞。

红 狐

——观《三生三世枕上书》感怀

几万年间惹祸端，心存善念梦潆澜。

双睛流盼思春色，九尾招摇入险坛。

笑饮青丘魂断酒，醉看桃苑泪痕残。

死生过往劫虽定，天悯慈恩且作欢。

夜之痛

谁借三杯催梦酒，来牵魂魄认前生。
山盟曾立须为债，海誓今思尚未清。
勤做马牛图果报，甘当同道表忠诚。
红尘怨念缘将尽，洒泪长吁已失声。

贵妇愁

富丽豪区月满楼，妇人不辨岁金秋。
斜依床榻难安睡，半裹丝衫竟续愁。
雪染鬓霜春已远，风掀窗幔梦残留。
常思白马轻蹄落，且怨天公少自由。

赴远程（通韵）

风雨经年几许梦，群楼俯览忆生平。
高山不语白云渺，飞鸟多言绿草青。
江水浩波淹旧事，孤翁心剑斩魔情。
细思聚散人来去，独领真豪赴远程。

过明安川（通韵）

谁借平川染绿晴，白云招手指天庭。
群峦望北风迷路，沙海飞西鸟忘程。
驴马满坡山曲短，牛羊遍野牧鞭轻。
遐思忽过绝高处，放眼千畴气势赢。

窗前幻景

机穿白雾长空散，飞去何方见至亲。
岁月看昏干涩眼，情缘想累拙痴身。
窗前幻景心才湿，幕后谗言意已新。
往昔只知难聚首，莫如此刻念伊人。

清明祭祖

清明有雨为谁流，荒土悲风竟自忧。
慈母坟前多忍泪，先人墓地少抬头。
家祠世代沧桑史，老宅经年野草稠。
愧对宗亲知路远，门楣光耀志难收。

夏日抒怀

旱地禾苗叶片黄，山区少雨裸岩光。
沟坡草矮牛羊瘦，社队人穷妇幼惶。
产业民生如玉露，扶贫政策似琼浆。
炎阳盛夏心舒坦，共建和谐向小康。

秋末感吟

阴山北望绘秋色，浩水东流润福田。
草地凉风吹旧叶，心间细雨起新缘。
连天醉酒身麻木，终日繁忙岁续延。
苦等假休云处卧，赋诗吟句梦中牵。

端午节感怀

街头闷热雨无踪，树叶低垂落魄容。
粽子摊前人欲满，怀沙诗后意还浓。
端阳捧酒悲生泪，五月吟歌喜又逢。
胜败兴亡流水去，今朝盛世舞神龙。

（注：《怀沙》，屈原于端午节作《怀沙》后投汨罗江。）

乌梁素海采风

水天一色浅波藏，鸥鹭轻歌入苇乡。
雨洗碧空尘世净，船行湖面细风凉。
飞珠连片弹音颤，鸿雁成群择偶忙。
芦草纤腰柔弱美，恰如仙女巧梳妆。

吉祥扎尕那（通韵）

云海渐开出媚容，半坡美景已情浓。
大山罗汉风烟立，藏舍青枝细雨中。
花伞娇姿仙女境，碎流石彩醉禅空。
闲时只道天堂远，招手即来入九重。

陪诗友乌梁素海采风（通韵）

湖面游船作伴行，碧波荡漾苇蒲轻。
鸟随人意飞千态，旗展雄风耀五星。
丽影欢歌云媚色，诗词喜报客偷听。
乌梁素海迎天下，广宴宾朋笑语盈。

游黄果树瀑布（通韵）

滴翠幽林映满湖，石阶人挤鸟鸣殊。
晴空丽日风凝瑞，落水惊流瀑溅珠。
龙吐青泉真景色，天成帘洞似奇书。
且须仙笔绘神彩，遍点环山展梦途。

过镇远革命老区感吟（通韵）

红军浴战避锋芒，奋勇杀敌过县乡。
二六军团威镇远，中央纵队缴盐粮。
拼搏掩护长征路，勠力齐心士气张。
黔地古城书史话，传承革命党旗扬。

（注：军字重复，因红军是专用词，故不改动。）

陪包头诗友采风考察感想（通韵）

黄河奔涌壮情怀，素海微波笑脸开。
塞外菊花争艳色，鹿城文友展雄才。
书刊互赠心扉动，美酒诚邀志趣来。
创建诗乡传律韵，共圆魂梦上琼台。

秋游明安山楂林园（通韵）

秋风飒爽艳阳天，雅兴欢游富丽园。
百亩山楂催贵客，千只鸿雁舞清仙。
旌旗招展金鸡乐，笑脸陪迎孔雀喧。
昔日荒凉沙土处，今朝已是俏人间。

甘其毛都赞

曾经人少苦寒地，蒙古驴骡跨界鸣。
口岸通车商涌动，边防披绿隼相争。
能源矿产运输远，贸易观光创利盈。
靓丽北疆风景美，民和国泰绣前程。

远赴贵阳探兄弟

黔城兄弟挂心田，昼夜乘车美景连。
秦岭群山初觉远，宜宾江水已临前。
曾经皇岛书胸志，几忆桃林话少年。
南北信通三十载，再逢纵路五余千。

武侯祠观感

青砖碧树雨中行，宅院深幽古盛名。
骁将威严披战甲，文臣儒雅结同盟。
武侯祠内游人叹，诸葛堂前拜者诚。
乱世哪容弘夙愿，千秋大业待书评。

陡坡塘瀑布感吟

一缕微风顺水流，层林染碧谷深幽。
陡坡瀑布鸟鸣脆，龙马僧团事未休。
倦客条床仙圣坐，舒云天景惹人留。
黔南无处不精致，忽想常居日月游。

默悼五原县王世佑会长

昔日初经韵律忙，学从古郡创诗乡。
耳提面命多传授，心会神通少酒章。
兄有志高何惧苦，弟无宏愿愧难当。
天随人事因时绝，嗟叹长吟寄寸肠。

林海公园广场舞

劲歌漫舞自成行，信步休闲简素装。
碧树彩灯弯月挂，假山细水拱桥藏。
人潮来去笑声浅，幕色稀疏活力强。
盛世安居依国运，情真感慨赞家乡。

先锋镇采风感怀

紫燕衔来红玉果，福牛带动似摇钱。
阴山设障遮寒露，河水分流灌大田。
万顷碱滩成旧事，千秋富梦早心圆。
镇村合力谋宏业，前套先锋有赋篇。

访小佘太蘑菇产业园

大漠云高丽日生，山前绿苑喜相迎。
蘑菇园内寻诗意，村镇途中访世情。
产业扶贫招瑞福，小康决战树龙旌。
群英激荡传佳语，文艺承威赞太平。

游昆都仑河国家湿地公园

山顶祥云似锦棉，半坡榆柳并柔肩。
一湾溪水平川地，几簇游人绿草前。
车马悠然寻旧影，帐篷错落起轻烟。
端阳赏景心欢畅，碧海怡情日已偏。

边塞诗词文化园筹建感吟

金榕作客晚秋时，棚里青蔬下架迟。
瓜果光鲜天水润，番茄多彩世人奇。
长歌入酒情还浅，美味沾唇意觉痴。
文墨农科相执手，汉唐辽宋几曾思。

（注：金榕，指金榕农业产业园，巴彦淖尔边塞诗词文
化园在这里筹建。）

写在建党一百周年

世代筹谋华夏梦，豪情热血壮心生。
峥嵘岁月堪回首，坎坷征程待力行。
兴国为家承凤愿，初衷使命记真诚。
长留矢志人间暖，笑看黎元庆太平。

献礼建党一百周年

阴山峻秀眼前飘，高速通衢阔路遥。
碧树依偎书景色，红花吐蕊献妖娆。
车流似海工商旺，云卷如纱伟业骄。
民族同心圆国梦，百年凤愿弄春潮。

贺五原县葵花节、诗词节开幕

秋风飒爽向阳天，塞外妖娆美景连。
万顷金花欢喜笑，千般硕果竞争鲜。
乡间阡陌传文曲，市井楼台谱雅篇。
古郡频闻佳作出，名扬国际意超前。

祝贺内蒙古第三届诗词研讨会召开

好梦常须境遇联，诗词研讨五原先。
千文道尽秋风意，百首详书古郡篇。
雅致名师评论著，豪情良友喜团圆。
金葵怒放心脾醉，瓜果诚邀聚众贤。

贺乌拉特前旗诗词学会成立

古道边城岁月长，雄关寂寞逝韶光。
晴空落雁和亲泪，冷雪飘花战事忙。
历尽沧桑多典故，曾经坎坷遍诗行。
谁言草野无情韵，词润高原塞北乡。

贺乌前旗创建
"中华诗词之乡"通过验收

山情水韵酒醇香，原野花开斗艳芳。

放牧诗词唐宋里，耕耘曲赋镇村旁。

三年谋划无闲日，六进推行有策方。

最喜今朝同祝愿，舒心圆梦写华章。

（注：六进，指创建"中华诗词之乡"工作进机关、进学校、进企业、进社区、进农村牧区、进旅游景点）

贺巴彦淖尔诗词学会成立十周年

金川千载显威名，塞外英雄世代荣。

尚武崇文河套路，惜今考古草原行。

诗词唱响农家曲，歌舞添浓牧养情。

忍苦十年传远韵，阴山南北赛新声。

贺巴市诗词学会获内蒙古先进荣誉（通韵）

河套诗坛立画屏，喜得嘉奖树新风。
醇香美酒举杯贺，华丽篇章侧耳听。
强荐褒扬多励志，勤教实训苦经营。
骚文雅韵平常事，自古金川有盛名。

贺临河区诗词楹联学会成立

瑞雪轻飘落地融，金川震鼓响长空。
平畴风起新歌暖，大漠云深美酒丰。
曲赋豪书增禅意，诗词欢颂悦才雄。
家乡愿景多枝秀，携手腾翔雅韵同。

贺杭锦后旗诗词学会成立

远眺阴山近览河，平原沙海汇新歌。
古来要隘名流聚，今日粮仓趣事多。
瓜果诚邀谈发展，诗词盛请话蹉跎。
佳肴美酒风情足，文雅同筹韵律和。

贺乌拉特中旗诗词学会挂牌

秋风送爽草多姿，绿水清流正合时。

驼马回坡琴曲远，牛羊入圈酒歌迟。

阴山挺拔添浓意，寺庙雄宏显博慈。

儒雅招来诗墨客，边陲韵海展新枝。

贺内蒙古诗词学会年会召开

茅台展馆开年会，盟市精英冰雪来。

国粹弘扬齐擂鼓，诗词嘉奖共登台。

草原逐韵宏图愿，大漠讴歌醒世才。

情诵雅书无寂寞，长言短句过京垓。

（注：台字重复，因茅台是专用名词，故不改。）

第四辑

词 韵

（欲借清风离塞外，还依明月过西凉……）

（一）小令

如梦令·相思

想起那年偶遇，酒醉别离归去。垂柳惹相思，心痛无缘长聚。

无语，无语，冷看窗前飞絮。

十六字令（三首）

云。游荡轻飘入梦魂。
凝神处，洁雅恰如君。

雷。响彻长空怨恨谁。
光芒耀，天地道相随。

风。偏把闲愁惹更浓。
春秋夜，吹我醉西东。

十六字令·秋（三阙）

秋。雨露缠绵醉不休。
重阳酒，桦背聚名流。

秋。户外红花正艳柔。
登高走，忆起卧龙沟。

秋。顾盼多年又至秋。
离愁满，挚友在沧州。

忆江南·天涯远

天涯远，故友住边疆。
欲借清风离塞外，还依明月过西凉。
相看泪成行。

忆江南·东风舞

东风舞，日照北游园。
鲜美山桃招彩蝶，娇柔春杏惹红颜。
萍聚艳阳天。

浣溪沙·清秋

风起楼群树影寒。暮笼街角夜阑珊。谁家窗内影孤单。

无月星空添寂寞，有情男女诉悲欢。人生悟道解忧烦。

浣溪沙·昨夜风萧

昨夜风萧雨未停。半墙光影忆前生。争长搏短路峥嵘。

错把梦欢书丽卷，误将虹彩挂高屏。知缘知悔用真情。

桂殿秋·春雨

春雨细，绿色新。满城惬意赏清晨。
才观柳叶如眉秀，喜鹊枝头报喜频。

花非花 · 寂寞思

情非情，怨非怨。寂寞思，欢欣恋。
思时心痛诉无由，恋起声哀歌亦倦。

花非花 · 烦临多余

烟非烟，酒非酒。郁闷需，重逢受。
惹来烦恼尽多余，受起烟云无寄宿。

好事近 · 雨后冷无情

雨后冷无情，远望高原辽阔。谁惹苍天恼怒，奈
平安难说。

此生愿景空虚多，苦酒倾杯喝。孤影湿衣泪眼，
看水流层叠。

西江月 · 大丽花开

贵在深秋娇艳，最为晨早轻怜。争相吐蕊满窗前，百看惊奇不倦。

偶见风吹摇摆，还随雨洒缠绵。嫣红姹紫笑开颜，伴我清心禅愿。

西江月 · 乌拉山感怀

溪水青岩老树，松枝白桦苍天。微风吹送草悠闲，蝉咏听来厌倦。

历史王朝多难，和平时代团圆。旧时茅舍庶黎艰，盛世能随民愿。

点绛唇 · 柳绿桃红

柳绿桃红，杨花飘舞遭人妒。
彩云追雾。频把知音顾。

春野花香，却是青春误。无处诉。
任凭风雨，吹向来时路。

谒金门·抒怀

未曾想，知命之年惆怅。富贵荣华云水荡，豪情无处放。

心裹百丝絮网，身趟千层巨浪。待到古稀如肯忘，此梦山头葬。

清商怨·倦客行

行人疲倦步履慢。且夜归星晚。无奈停留，登楼上驿馆。

谁知风雨翻转。睡意间、梦飞魂乱。可恨今生，豪情云雾散。

清商怨·感怀

长河东望奔腾去。似万江归路。云转千回，伤情无处诉。

经年愁思梦语。又岂料、薄缘难许。醉酒偷诗，香花逢骤雨。

149

鹧鸪天 · 情难诉

紫色衣衫俏面容。淑娴无语却羞红。
佯装回首藏心动，故作低眉躲爱浓。
情难诉，信还通。流离坎坷不相逢。
意将明月他乡照，怎教天涯美梦同。

鹧鸪天 · 贺五原建成塞北诗城

古郡频传唐宋风。招来骚客醉颜红。
金葵呈笑入新画，脆果留香勾老翁。
诗也美，韵还浓。轻歌曼舞引飞鸿。
满城喜色迎宾客，锦绣梨园世代功。

卜算子 · 不负相思泪

楼外暖融融，光照祥云瑞。小鸟依偎唤新春，喜
鹊声声脆。

极目远山青，遥想长河醉。牵手相邀度此生，不
负相思泪。

清平乐·秋风零乱

秋风零乱，花炮空中散。日上三竿残云漫，悲曲撕肠欲断。

思念莽莽山峦，相忆楚楚港湾。难奈此生无计，挥手泪热心寒。

清平乐·中元节

柳枝招展。冷意随风卷。高处清辉穿云显。楼内身形慢转。

已至惨淡中元。忽觉寂寞秋天。琐事缠身无奈，家祠未祭心酸。

醉太平·魂牵梦阑

风号夜寒，魂牵梦阑。榻中犹恨缘残，叹相知太难。天清地宽，心孤影单。此生历尽悲欢，却神伤意烦。

醉太平·贺内蒙古诗词学会成立 20 周年

情牵梦萦。山乌地青。草原画卷天生。故诗词妙成。

千文汇经。万儒聚灵。内蒙歌曲长兴。贺雅贤盛名。

（二）中调

苏幕遮 · 上元节观灯

月朦胧，灯妩媚。七彩公园，喜看天仙会。
绚丽烟花添锦瑞。童叟欢呼，尽品其中味。
夜微寒，人未睡。庆祝新春，盛世民欣慰。
炫美长街游客醉。倦倚西楼，闭目神思寐。

风入松 · 浮云散

嫩芽初显又逢春，细雨纷纷。
燕归檐下声如故，亲昵语、旧梦重温。
看似往常来去，却犹难舍难分。

恐耽年月苦耕耘，坎坷频频。
此生缘灭浮云散，悲欢尽、憾恨无痕。
且把书香鉴赏，再评酒醉销魂。

破阵子 · 乌拉特怀古

驼马游行草地，牧人醉卧高原。
谁忆旧关成土垒，常叹边墙变断垣。古风何续延？
明月无声寂寞，山川有意缠绵。
感慨秋凉如冷梦，多少英豪未著篇。情愁往事牵。

破阵子 · 大漠风寒

大漠寒风枯柳，高原白雪残阳。
酒醉消愁歌载舞，梦醒忧思文断章。苦悲笑里藏。
楼下松枝冰冷，门庭树叶焦黄。
相忆尘缘心欲颤，思恋生平情亦殇。无言望远方。

一剪梅 · 元宵节有感

灯酒元宵面带红。彩树婀娜，远映长空。
路人浅笑渐依稀，偶觉微凉，系扣遮风。

遥望宇天月似朦。感慨平生，业苦情浓。
慈心宏愿未成真，笑以宽然，栖梦追鸿。

一剪梅·玉手纤纤

玉手纤纤捧艳花。眸里深情，笑里飞霞。
乌丝柔顺倚肩披，信步山前，慢舞红纱。

雨洒风寒落日斜。怨起眉端，怒掷胡笳。
缘何好梦总空无，近在身前，远在天涯。

蝶恋花·饮酒归来

夜半花灯犹自俏。街路迷蒙，通往仙人道。
舞弄清风歌曲调，谁来伴我癫狂闹。

酒罢神思千百妙。情感纷纷，玉树轻轻抱。
我愿痴心明月照，古稀鬓染相扶笑。

蝶恋花·佘太酒业采风感怀

橙瓦红墙依翠柳。花满亭台，旗舞迎新友。
谁把柔风经鼻嗅。清香惹醉纯粮酒。

特酿精藏轻入口。半盏回肠，飞绪云间走。
若得诗仙陪左右。何愁佳句三千首。

蝶恋花·美景无数

喜看朝霞垂线路，直上青天，幻想邀玄兔。
仙境穹楼多胜处，人间美景留无数。

忘却真心尘世驻。境转情缠，岁月相争苦。
一梦惊醒长呓语。当初直悔难知悟。

青玉案·楼台烟雨

楼台烟雨层层雾。杏花落、清香路。
昨日酒欢谁计数。推杯换盏，吟诗作赋。恐把春
光负。
豪斋雅阁频相顾。拙笔轻辞复晨暮。山水高原寻
梦诉。难言佳句，苦无名著。却捡梨园妒。

行香子 · 日月晴明

（晁补之体）

日月晴明，天地驰行。看春色野草青青。远山始暖，近水初盈。且人随心，风随意，雨随情。

香烟袅袅，禅茶寂寂，念轮回幻境萌萌。前生已去，后世难争。愿慈无忧，悲无苦，爱无憎。

山亭柳 · 休惹阳春

平日殷勤，惹恼说无亲。
车上路，泪沾巾。
笛管劲吹何事？吉它频述情真。
燕子窗前喧闹，说雨无根。

镜前颜老无需问，衾单榻乱似无魂。
藏眉宇，寄花唇。
却见杯空酒冷，醉于爱恨红尘。
隔世轻言许诺，休惹阳春。

（三）长调

满庭芳·惜缘

桃李争香，杏梨竞彩，北疆春色芳园。
风清气爽，大地换新颜。
明媚阳光无限，山灵动、碧水绵延。
草坪处，靓男俊女，欢笑舞翩跹。

春来多美景，相依牵手，共度流年。
叹韶华，因何转眼云烟。
缘聚良辰尚好，人未老、佳偶团圆。
真情暖，经年朝暮，天上羡人间。

满江红 · 昭君出塞

落雁悲鸣，长空下、车流浩荡。
离宫室、远行千里，挑帘南望。
莫问今朝愁陌路，哪知明日忧戈响。
且从北、身便寄匈奴，情难当。

阴山美，云渺莽。坡草绿，天晴朗。
看川河急缓，马嘶牛壮。
胡汉和亲成使命，床帷止战兴风尚。
出塞游、一片艳阳春，心悲凉。

满江红·暮色初临

暮色初临，下班路、车行街巷。
人散去、霜风飞转，尘沙飘降。
百盏霓虹凝冷眼，千株杨柳垂黎杖。
又秋尽、寒意浸眉头，空惆怅。

楼渐暗，残月上。容已老，身无恙。
惜旧梦还在，初衷难忘。
一曲战歌言趣事，几番劲舞成奇想。
待未来、成败亦安然，心宽畅。

八声甘州·何事几曾欢

遇匆匆冷雨过门庭，树枝抖风寒。
把前窗关紧，高帘垂落，灯照堂前。
忽觉衣衫已薄，岁月夺人颜。
只见镜中影，清瘦孤单。

不愿闻歌观舞，忆凄凄往事，无泪清酸。
思红尘变故，何事几曾欢。
叹乡亲、求帮无助，怨己身、穷力未心安。
斯情景、借浓烈酒，壮志来干。

八声甘州·往事不堪回首

忆当年壮志闯关山，求学去东方。
叹行囊羞涩，旅途困倦，一路彷徨。
渤海风平浪静，入夜梦家乡。
唯有石河水，温婉情伤。

往事不堪回首，渐身归故里，岁月如常。
感春华秋雨，笑泪鬓生霜。
苦耕耘、披星点卯，有谁能、实干获勋章。
繁忙外、最难言是，志趣深藏。

念奴娇·小城佳节随想

凭楼远眺，望苍穹大地，艳阳高照。
树木彩衣频靓眼，喜鹊枝头欢叫。
塞北山城，初春尚冷，谁咏爬山调？
沿街行客，盛装相伴而笑。

佳节年味还浓，友亲邀访，杯酒心情好。
畅语古今天下事，感悟和平之要。
厚意初心，小家大国，盛世飞龙啸。
中华民族，创新圆梦强盛。

沁园春·乌梁素海

河套东隅，承接阴山，沃野居中。有清辉如镜，银光重重；碧波似锦，丽水濛濛。轻载渔舟，乱掀芦苇，群鸟惊飞踏浪冲。好风景，惹古今过客，陌路相逢。

当年北假昌隆，鲜卑勇、匈奴常建功。叹一时兴起，皆成霸主；几番衰败，尽变虚空。天德名城，军兵要隘，已作残垣湖底封。今来看，纵龙威虎震，枉费英雄。

第五辑

楹　联

（雁动秋风诗入画，月移星际梦惊魂……）

（一）短联拾趣

1.

出句：阴山北望绘春色，

对句：浩水东流润福田。

2.

出句：草地凉风吹旧叶，

对句：心间细雨起新缘。

3.

出句：秋风旧叶随心落，

对句：细雨新缘顺意来。

4.

出句：林草河湖生态千般秀，

对句：回苗蒙藏中华一脉亲。

5.

出句：清风明月不解相思苦，

对句：疏影孤灯更知再会难。

6.

出句：飞鸟绕船银浪两边舞，

对句：游鱼戏水横波独处开。

（二）中联逸兴

1.

出句：北疆织绿，山川湖海竞春色；

对句：河套呈祥，牧场平畴聚慧贤。

2.

出句：乌梁素海水天一色风光秀，

对句：河套平原阡陌千畴景象殊。

3.

出句：碧树婀娜林苑清幽街巷红旗艳，

对句：高楼交错城乡秀美亭台日照新。

4.

出句：中秋赏月月下思人人不知东南西北处，

对句：半夜放歌歌中饮泪泪难分春夏秋冬时。

5.

出句：婚礼堂前优秀司仪献礼亲朋感动吟诗作赋，

对句：迎亲帐内谦卑新婿奉歌父老欢欣饮酒品茶。

（三）联友雅对

1.

出句：一叶轻舟摇月影（沈海荣）

对句：半边小岛掩风情（贾雨川）

2.

出句：风旋野水蒹葭舞（沈海荣）

对句：日照苍山白露腾（贾雨川）

3.

出句：海棠枝上啼春曲（沈海荣）

对句：素水河边咏古谣（贾雨川）

4.

出句：雁动秋风诗入画（段占元）

对句：月移星际梦惊魂（贾雨川）

5.

出句：燕舞春风风烂漫（段占元）

对句：莺歌玉树树婀娜（贾雨川）

6.

出句：极目空山流水远（段占元）

对句：静心幽谷落花闲（贾雨川）

7.

出句：平湖阅尽三山雪（段占元）

对句：旷野吹齐四海风（贾雨川）

8.

出句：一首小诗情寄远（段占元）

对句：三杯美酒意传长（贾雨川）

9.

出句：炊烟袅袅生秋日（段占元）

对句：瑞雪飘飘落冬时（贾雨川）

10.

出句：寒风横扫千花落（李占青）

对句：冷雨直流百鸟飞（贾雨川）

11.

出句：晨光一抹惊寰宇（李占青）

对句：夜色几重惑古今（贾雨川）

12.

出句：闲来水岸寻诗韵（李占青）

对句：得空山腰作赋文（贾雨川）

13.

出句：春妍九域百花艳（李占青）

对句：秋扫八荒万叶枯（贾雨川）

14.

出句：桃花一树香飞深院（李占青）

对句：菡萏千红韵落幽池（贾雨川）

15.

出句：岁月如诗北域田园诗配画（李占青）

对句：人生若梦南疆山水梦怡情（贾雨川）

第五辑 楹联

（四）安全生产趣联

1.

总是朝霞初起下乡工作，

经常皓月高升赶路回家。

2.

企业安全监管常抓不懈，

员工思想提升势在必行。

3.

清晨入企严查隐患盼无事，

傍晚归家慢敛焦愁愿静心。

4.

安全教育老师手指荧屏讲述，

隐患排查领导身临现场指挥。

5.

员工风险识别难懂违章成性，

企业安全讲座不多习以为常。

6.

抓管理反违章责任到人多警醒，

搞宣传查隐患落实在岗常安全。

第六辑 歌 曲

（乌梁素海轻轻地歌唱，船儿掀起

千层波浪……）

《妈妈，祝福我吧》简谱

妈妈，祝福我吧

1=D 3/4

♩=80

扒谱&制谱 by 小鸟音乐

词曲：贾雨川

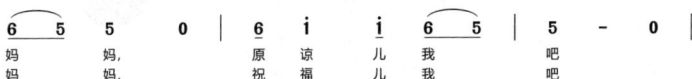

妈　　妈，　　　　原谅儿我　　吧
妈　　妈，　　　　祝福儿我　　吧

不是儿懦　弱，　　　不是儿贪
不是儿天　真，　　　不是儿浮

耍　　　　儿还　是孩　　子，
夸　　　　儿子　要努　力，

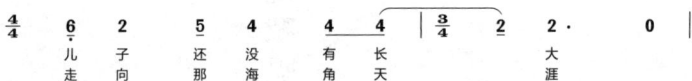

儿子还没　有长　　大
走向那海　角天　　涯

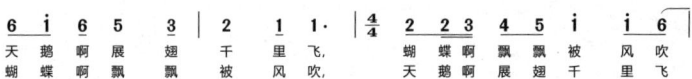

天鹅啊展翅千里飞，　蝴蝶啊飘飘被风吹
蝴蝶啊飘飘被风吹，　天鹅啊展翅千里飞

妈　　妈呀妈　妈，
妈　　妈呀妈　妈，

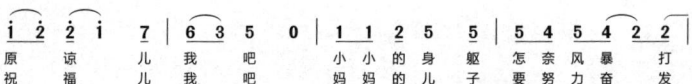

原谅儿我吧　小小的身躯怎奈风暴打
祝福儿我吧　妈妈的儿子要努力奋发

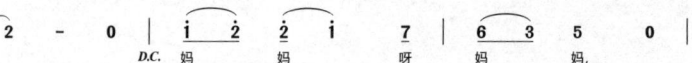

D.C. 妈　　妈呀妈　妈，

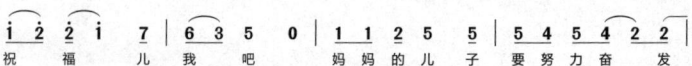

祝福儿我吧　妈妈的儿子要努力奋发

2 - - | 0 0 0 ‖

172

《妈妈，祝福我吧》

词曲：贾雨川

妈妈，原谅儿我吧
不是儿懦弱，不是儿贪耍
儿还是孩子，儿子还没有长大
天鹅啊展翅千里飞
蝴蝶啊飘飘被风吹
妈妈呀妈妈，原谅儿我吧
小小的身躯怎奈风暴打

妈妈，祝福儿我吧
不是儿天真，不是儿浮夸
儿子要努力，走向那海角天涯
蝴蝶啊飘飘被风吹
天鹅啊展翅千里飞
妈妈呀妈妈，祝福儿我吧
妈妈的儿子要努力奋发
妈妈呀妈妈，祝福儿我吧
妈妈的儿子要努力奋发……

《月儿弯弯》简谱

月儿弯弯

1=♭A 4/4
♩=90

扒谱&制谱 by 小鸟音乐　　　　　　　　　　　词曲：贾雨川

6 6 3 3 | 3 5 5 3 2 3 - | 3 6 5 3 3 2 | 3 - 0 0 |
月 儿 弯 弯 树 枝 头　慢 慢 悠 悠 地 走

3 6 6 6 6 5 | 3 3 2 1 7 6 | 5 5 6 2 3 1 7 | 6 - - 0 |
每 当 我 想 起 那 远 方 的 故 乡 心 中 有 多 忧 愁

6 6 3 3 | 3 5 5 3 2 3 - | 3 6 6 5 3 3 2 | 3 - 0 0 |
月 儿 弯 弯 天 上 走　星 星 它 闪 眼 眸

3 6 6 6 6 5 | 3 3 2 1 7 6 | 5 5 6 2 3 1 7 | 6 - - 0 |
每 当 我 想 起 那 可 爱 的 姑 娘 禁 不 住 泪 水 流

6 6 3 3 3 | 2 1 7 6 - 3 | 6 6 5 3 3 2 | 3 - 0 0 |
月 儿 月 儿 你 带 上 我　到 她 的 梦 中 游

3 6 6 6 6 5 | 3 3 2 1 7 6 | 5 5 6 2 3 1 7 | 6 - - 0 |
我 愿 献 上 我 真 诚 的 祝 愿 送 给 她 轻 轻 问 候

‖: 6· 3 6 7 | i - - 0 | 7· 6 5 6 7 | 6 - - 0 |
故 乡 把 我 留,　姑 娘 要 远 走

6 6 3 6 i | 7 7 6 5 #4 3 | 1 1 2 2 3 1 7 | 6 - - 0 :‖
耕 地 的 马 儿 追 不 上 列 车 飘 摇 在 风 雨 后

5 5 3 5 6 7 | 6 - - - | 0 0 0 0 ‖
飘 摇 在 风 雨 后

《月儿弯弯》

词曲：贾雨川

月儿弯弯树枝头
慢慢悠悠地走
每当我想起那远方的故乡
心中有多忧愁

月儿弯弯天上走
星星它闪眼眸
每当我想起那可爱的姑娘
禁不住泪水流

月儿月儿你带上我
到她的梦中游
我愿献上我真诚的祝愿
送给她轻轻问候

故乡把我留，姑娘要远走
耕地的马儿追不上列车
飘摇在风雨后
故乡把我留，姑娘要远走
耕地的马儿追不上列车
飘摇在风雨后
飘摇在风雨后……

《巴嘎查干，我的小昌汉》简谱

巴嘎查干，我的小昌汉

贾雨川 词
贾雨川 曲

《巴嘎查干，我的小昌汉》

词曲：贾雨川

巴嘎查干，我的老家
有谁知道有谁牵挂
我出生在贫穷人家
父母辛苦把我养大

一口老井全村人担
弯弯曲曲小路蹒跚
多少回忆热血滚翻
勤劳朴实的庄稼汉

巴嘎查干，我的小昌汉
几代人成长的摇篮
祖辈们保家卫国戎马生涯
榆钱落地是温暖的家

长胜渠，北圪台
酸甜苦辣心里埋
如今他变了模样
还在我梦里彷徨

我的家，巴嘎查干
我的小昌汉
我的家，巴嘎查干
我的小昌汉……

《古镇往事》简谱

古镇往事

制谱 by 小鸟音乐

贾雨川 词
吴春林 曲

♩ = 90

A1 3 6 6 5 6 6 6 | 7 7 5 6 - | 2 2 2 3 5 - | 6 6 2 3 - |
    巴 音 查 干 山 上   长 城 岩 画   我 家 就 在 山   脚 下

    3 6 6 6 5 7 6 6 | i i 6 2 - | 7 7 7 6 5 5 5 | 2 2 5 6 6 - |
    我 那 勤 劳 的 爹 呀   慈 祥 的 妈   祖 辈 辈 的 故 事   编 成 了 神 话

A2 3 6 6 5 6 - | 7 7 5 3 6 - | 2 2 2 2 1 2 2 2 | 5 6 2 3 |
    麻 圪 奈 古 城   拴 马 桩 的 沟   红 穗 穗 高 粱 酿 成   佘 太 酒

    3 6 6 5 6 - | i · 2 2 - | 7 7 7 6 5 5 5 | 2 2 2 · 5 6 - |
    三 杯 杯 琼 浆   醉 云 裳   什 那 干 的 羊 肉   顺 风 风 的 香

B   3 3 3 3 2 i 5 | 2 - - - | 5 5 5 3 5 5 5 2 | 3 - - - |
    谁 给 你 起 的 名   谁 筑 起 历 史 的 城

    3 3 3 2 3 3 2 | 3 2 i i 5 | 2 3 5 5 | 3 5 3 5 |
    亲 亲 的 佘 太 呀   难 忘 的 地 方   十 里   八 村   的 乡 亲 们

    5 5 3 2 5 | 6 - - - : ‖
    幸 福 安 康

A3 3 6 6 6 5 6 6 6 | 7 7 5 6 6 - |
    打 小 这 骨 子 里 我   就 是 佘 太 人

    2 2 2 2 1 2 2 2 | 5 6 2 3 - |
    厚 厚 的 城 墙 述 说 着   岁 月 的 情

    3 6 6 6 5 6 6 6 | i · 2 2 |
    金 色 的 收 获 喜 悦   在 心 里 藏

    7 7 7 7 6 5 5 5 | 2 2 5 6 6 - |
    翠 绿 的 手 镯 戴 在   妹 妹 的 手 上

反复两遍B段结束

第六辑 歌 曲

179

《古镇往事》

作词：贾雨川

作曲：吴春林

巴音查干山上长城岩画
我家就在山脚下
我那勤劳的爹呀慈祥的妈
祖辈辈的故事编成了神话

麻圪奈古城拴马桩的沟
红穗穗高粱酿成佘太酒
三杯杯琼浆醉云裳
什那干的羊肉顺风风的香

打小这骨子里我就是佘太人
厚厚的城墙述说岁月的情
金色的收获喜悦在心里藏
翠绿的手镯戴在妹妹的手上

谁给你起的名
谁筑起历史的城
亲亲的佘太呀难忘的地方
十里八村的乡亲们幸福安康

《乌梁素海我的家乡》简谱

乌梁素海我的家乡

（演唱：朱永飞）

贾雨川 词
朱永飞 曲

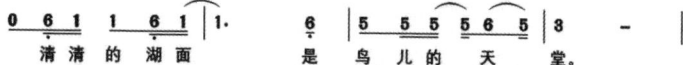

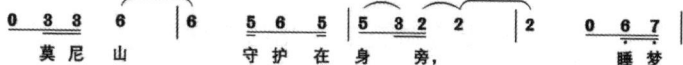

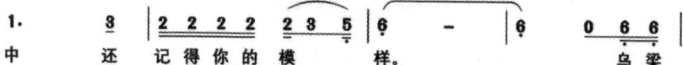

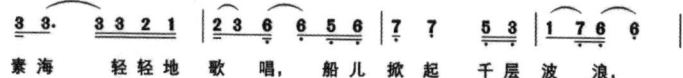

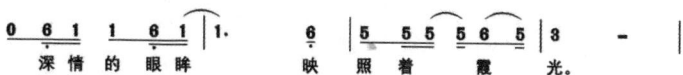

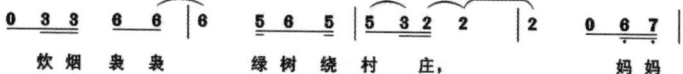

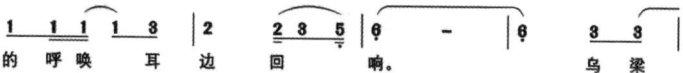

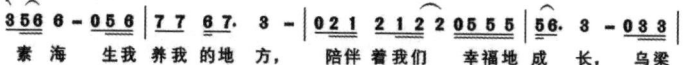

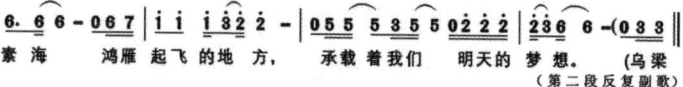

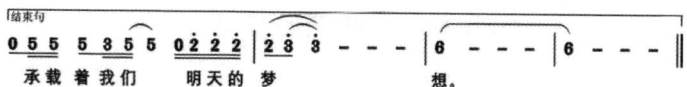

1=F 2/4 4/4

```
0 6 6 | 3 3. 3 2 1 | 2 3 6 6 5 6 | 7 7  5 3 | 1 7 6 6 |
乌梁  素海   我的家乡， 风吹芦苇，鱼儿欢畅，

0 6 1  1 6 1 | 1. 6 | 5 5 5 5 6 5 |
清清的湖面   是 鸟儿的天 堂。

0 3 3  6 | 6  5 6 5 | 5 3 2 2 | 2  0 6 7 |
莫尼 山  守护在身 旁， 睡梦

1. 3 | 2 2 2 2 2 3 5 | 6 — | 0 6 6 |
中 还 记得你的模 样。 乌梁

3 3. 3 3 2 1 | 2 3 6 6 5 6 | 7 7  5 3 | 1 7 6 6 |
素海 轻轻地歌 唱， 船儿掀起 千层波 浪，

0 6 1  1 6 1 | 1. 6 | 5 5 5 5 6 5 | — |
深情的眼眸   映照着 霞光。

0 3 3  6 | 6  5 6 5 | 5 3 2 2 | 2  0 6 7 |
炊烟袅袅 绿树绕村庄， 妈妈

1  1 1 1 3 | 2 | 2 3 5 | 6 — | 3 3 |
的呼唤 耳边 回 响。 乌梁

3 5 6 6 - 0 5 6 | 7 7  6 7. 3 - | 0 2 1  2 1 2 2 0 5 5 5 | 5 6. 3 - 0 3 3 |
素海 生我养我的地方， 陪伴着我们 幸福地成长， 乌梁

6. 6 6 - 0 6 7 | 1 1  1 3 2 2 - | 0 5 5 5 3 5 5 0 2 2 2 | 2 3 6 6 -(0 3 3 |
素海 鸿雁起飞的地方， 承载着我们 明天的梦想。 (乌梁

（第二段反复副歌）

结束句
0 5 5  5 3 5 5 | 0 2 2 2 2 3 3 - - - | 6 - - - ‖
承载着我们 明天的梦    想。
```

《乌梁素海我的家乡》

作　　词：贾雨川

作曲演唱：朱永飞

乌梁素海我的家乡

风吹芦苇鱼儿欢畅

清清的湖面是鸟儿的天堂

莫尼山守候在身旁

睡梦中还记得你的模样

乌梁素海轻轻地歌唱

船儿掀起千层波浪

深情的眼眸映照着霞光

炊烟袅袅，绿树绕村庄

妈妈的呼唤耳边回响

乌梁素海，生我养我的地方

陪伴着我们幸福地成长

乌梁素海，鸿雁起飞的地方

承载着我们明天的梦想……

乌梁素海，生我养我的地方
陪伴着我们幸福地成长
乌梁素海，鸿雁起飞的地方
承载着我们明天的梦想……

第六辑　歌　曲

巴彦淖尔之恋

作　　词：贾雨川
作曲演唱：娜布其

阴山千古雄壮，黄河九曲回肠。
塞外好风光，是我美丽的家乡。
河套平原一望无际，阡陌麦谷香。
山水林田展画卷，湖海流溢霞光。
看那乌拉特草原，散落牛马骆驼羊。
草原多吉祥。

神奇的岩画传说，久远的烽火边墙。
北疆多靓丽，是我守望的家乡。
美酒歌舞魂牵梦绕，手扒肉奶茶飘香。
姑娘托起了银碗，哈达敬献四方。
巴彦淖尔名四海，蒙汉同心著华章。
亲人永安康。

愿生命平安吉祥

——中蒙医院赞歌

作词：贾雨川 郝建林

黄河之畔，乌拉山下，
辽阔草原乌拉特牧场。
蒙汉融合，道地药材，
蕴育出中蒙医院辉煌。
三根七素，天人合一，
顺应自然和谐调养。
中医药理，蒙医疗术，
中蒙名医代代传扬。
悬壶济世，造福桑梓，
仁爱诚信守望健康。
大医精诚，科技创新，
崇高医德绽放光芒。

啊，中蒙医院，祥和的医院，
祈福生命健康绵长。
啊，中蒙医院，民生的医院，
蒙汉人民幸福的希望。

黄河之畔，乌拉山下，
河套平原美丽的家乡。
蒙医中药，中华瑰宝，
积淀着千年文明辉煌。
花草虫鱼，飞禽走兽，
人类生存，绿色药箱。
秀丽山河，辽阔大地，
大自然馈赠了良方。
白衣天使，救死扶伤，
荣誉责任铸就梦想。
服务惠民，再续新章，
医者慈心永恒向往。

啊，中蒙医院，祥和的医院，
祈福生命健康绵长。
啊，中蒙医院，民生的医院，
蒙汉人民幸福的希望。

第七辑

辞 赋

（文化复兴以道德，苍生共体；自然崇尚

于和谐，祥泽全球……）

塞上清秋序

微风清爽，晨露稍凉。葡萄墨紫，篱菊深黄。观夫山高远，水绵长。乡间阡陌之错落，原野青柔之飘香。农夫笑语，满院丰收之硕果；牧户欢歌，山坡肥壮之牛羊。狡兔隐身以丛下，雄鹰展翅于云旁。村野稀疏乃人少烟孤，楼宇堵拥则意境全藏。

闻夫秋有赞诗，节无佳令。世间情爱之别离，好恶人心之偏正。常因秋冷而寓无情，惯用风霜以拟世病。岂知季有秋，道存永。悲欢冷暖乎自然，喜乐安详唯人境。

未若门开纳气，被养蓄精。三世恋人之媚笑，累生过客之苦行。斯则入微梦，寄思情。天人相契，自然交盈。美哉秋固不老，心安常平。只此月圆之祥日，尽享生死之长清。

知青赋

文／贾雨川 刘嘉耘

昔者知青，国之英才。号令唯从，辞故远行。坚定胸怀之理想，追求坦荡之前程。广阔无垠之天地，激昂热血之升腾。

不期泥草陋屋，贫寒田埂。雨丝和之热泪，红歌为之劲咏。上山育圃，黄沙覆于头脸；下乡劳作，汗滴盈于脖颈。

诚乃弘扬真爱，造福乡民。舍远家而吃苦，抛优越而艰辛。闻夫长夜漫，战旗新。传书文于校内浑身沾土，教技术之田间汗水湿巾。酬壮志身忙夫春夏，重耕耘影动乎晨昏。

嗟夫！历史重温，景仰顿生。似水流年，难忘知青。

每见家乡发展，频传喜讯。知青贡献，千言难尽。高风亮节淡于名利；忠诚赤胆坚而正信。芳华豆蔻，已然奉献国家；年暮力衰，唯愿康宁安顺。

（注：知青，即知识青年。上世纪50年代起来自北京、天津、河北等地的知青和兵团战士在乌拉特前旗发展史上描绘了浓墨重彩的一笔。他们在开发建设边疆、增进民族团结、推动地方发展、巩固祖国边防等方面作出了不可磨灭的贡献。"热爱祖国，无私奉献，艰苦创业，开拓进取"的兵团精神，已成为激励乌拉特前旗各族干部群众干事创业的精神动力。）

河套赋

金川河套，太古洪荒，朗朗天地，源远流长。昔传白垩之晚期，遍地恐龙之猖狂；时有北方之人祖，犹择河畔而居乡。诚知白云苍狗，斗转星藏。河套新人，篆书华章。

闻夫边陲河套，美丽异常。千古阴山之雄壮，黄河九曲之回肠。苍莽高原以萧风瑟瑟，坦荡平原之麦谷飘香。沙漠沧桑之巨变，森林云雾之绕祥。泉水淳淳润于心脾，湖泊柔婉溢于霞光。

尚且神奇悠久，守望北疆。远古圣贤，女娲补天而匆忙；河套智人，坚石斩于蛇狼。近古阴山，岩画盛传而名扬；赵秦霸主，长城御于蛮邦。安知母门洞、人根峰，寓示天地阴阳。昭君出塞，王嫱忍辱而流芳；胡服骑射，赵雍胆略而成王。天德军城毁之湖海，水川伊夫逝于汪洋。

唯愿河套之精神，相传不息。顽强奋进，人因宝地而添翼；得天独厚，地因人智而屯集。河套永恒，宣于四海；河套人民，祥和安逸。

"五四"百年赋

回首百年，"五四"震惊。国难当头，开启新程。列国淫威，胁迫于巴黎和会；青年热血，激扬于反帝热情。海内分崩，民怨沸腾。袁氏野心，称帝终为闹剧；张勋复辟，金銮荡于无宁。军阀拥兵而四起，汉奸乘势以求荣。

斯则民族先锋，可歌可泣。示威请愿以游行，宣讲疾呼而掷笔。新民运动，掀开大国之序章；马列思潮，传送自由之讯息。为人民而革命，为民生而奋力。

观夫华夏泱泱，四海升平。纵有千秋之动乱，亦传盛世之文明。"五四"热潮，激发巨龙以苏醒；纪元开启，中华浴火而重生。文化复兴，民主施行。令夫破旧陈，换新旌。军阀远征，抗日结盟。"三座大山"之推倒，五星闪耀于北京。

自然民心鼓舞，城乡安定。筹谋发展之宏图大略，聚焦民族之团结盛景。振兴推之改革，自强为之明政。百年回首，中华于世界称雄；横纵深思，龙族因国家庆幸。

明 月 赋

一轮明月，万顷光辉。溯其源而无尽，观其属而无归。浩瀚苍穹之星点，人间共运其甚微。镜挂高天，常现清新而脱俗；清凉倾地，普兼万物于慈悲。不及日明，惹相思之苦意；群星常妒，披神圣之华衣。

观夫交感四时，纳诸风雪。随顺其阴晴，彰形其圆缺。微光何德，辈享景仰之盛名；玉兔何为，寄托悲喜之离合。且复古先忧，今人咽。倦旅蹉跎，若过隙之白驹；人间生死，如盈亏之残月。

然则春辉惊梦，夏月醉生。秋光愁冷，冬月空明。月出林梢，碧野空灵而欲隐；鸟归巢穴，嫦娥萌动而怀情。无月报之黯淡，有月恨之娇盈。奇美银辉，盖世未能叙之真切；德行明月，古今诗赋吟之少声。

呜呼！吾观明月，心驰神往。吾敬婵娟，恩情至上。万言寄之明月，千情存之朔望。

阳春赋（骈赋）

　　庚子轮回，阳春转季。疫情防控乃渐松，工商复产则注力。花开万朵，趁之小雨轻柔；枝蔓千条，迎之和光绚丽。浓愁心意以展舒，厚重衣衫以减去。通观万物之长生；静析百禾之灵聚。

　　观夫鸟啾楼顶，云转苍天。院外樱红而杏白，草坪柳绿而芽鲜。墨客踏春以着笔，游人赏景而动颜。尚且梦无恨，情有闲。翻滚东流之河水，传书两岸；绵延南北之绿床，飞信三山。情窦初开，美妙心扉其难敛；豪情又显，逍遥志趣以重宣。

　　斯乃春心动荡，思潮风雅。常观人面于桃花，几忆青春之悔误；相传马背因羌笛，曾演先人之强霸。风云千古，徒留后话。豪雄陡起驰骋则陨落，阳春复往归来而谦下。

　　恒望春光永驻，浩气长留。华夏龙孙，崛振于纷争世界；炎黄血脉，腾飞于海陆航舟。文化复兴以道德，苍生共体；自然崇尚于和谐，祥泽全球。

长城赋（骈赋）

雄伟长城，蜿蜒万里。始建于秦前，夯固于明止。通晓秦月与汉关，作别唐情与宋史。浩瀚工程，磅礴气势。惊奇于先祖智谋，感慨于君王意志。实为民族之丰碑，中华之浩丽。

夫其蜿蜒险峻，扼塞制强。安知穷石土，辟逼荒。屏设于崇山峻岭，戍边乃御敌胡羌。两千载数之风月，数万愁涌之离殇。连峰壁垒，通驿关防。劳民以百万无归，满腔怨恨；失信于妇孺孤寡，雪上加霜。苦于百姓，安于朝堂。诚乃雨凄凄，雾茫茫。白骨埋于荒郊，血汗洒于高墙。

呜呼！千秋大计，功过难说。青山远眺，烟云苍莽以皆收；绝顶高攀，沟壑崎岖以囊括。飞龙显影，神气势绝。高台俯望，层层林海之翠依；关隘遥思，处处云霞其高洁。千秋之大好河山，万众之心声欢悦。

嗟夫！古往今来，国人莫不以为荣。前人砥砺，换来岁岁之安宁。

慈善诗会赋（律赋）

（限韵"慈心安人，善举立事"）

人间普爱，莫过仁慈。自古贤能，勤善好施。给予贫民以财物，扶持学子以良资。古韵国文，今有弘扬之诗会①；新潮赋曲，更传诵读之须眉。

自昔唐宋兴文，明清著卷。清新脱俗，诗词涌现而文儒；流畅自然，情意升华而和善。流传承接之仁心，创建慈悲之书院②。

然则世风重利，文创从心。物欲横流，情对知音。作赋吟诗，无有良师以教正；跋山涉水，才知慈善③之甘霖。

诚乃恩惠之施，贤良之举。清晨诵读之欢欣，垂暮沉吟之雅趣。悉心教化，无知得学以成才；指点迷津，格律方知以通古。

方令神通气正，念聚心安。终日痴情于讲义④，梦魂惊醒于诗坛。如入于仙堂圣境，游离于词赋之间。

乃知汲水感恩，养魂今昔。陌上花开，诗田鹤立。恩师指点之辛劳，窗友切磋之助力。

是故群书博览，创作诗文。鉴古而承其韵律，观今而论与缘因。斯则我常在，非旧人。惊喜作诗而投稿，时能发表；深沉吟赋而感怀，每有创新。

斯乃勤修精练，乐为趣事。每思慈善⑤，熟知以佳作谢恩；常作情迷，总会因诗魂益智。

（注：①、③、⑤诗会、慈善：指慈善诗会。②书院：指慈善诗会学院。④讲义：指慈善诗会指导学员创作的讲义。）

乌拉特前旗赋（律赋）

（限韵"家乡变化，形势悦人"）

黄河北岸，小镇繁华。自古戎胡之领域，而今蒙汉之同家。放牧兴农，河套人民之宝地；依山傍水，乌拉特部之云涯。

夫其青龙稽首，望坤而下。三山俯卧于东隅，素海横穿于北假[①]。高原绝地，经年雨雪之猖狂；牧场晴川，历代风烟以蕴化。

观夫紫气升腾，云开雾散。平川漠漠，沙丘与绿野相随；村户稀稀，道路与瓦房相伴。城乡丽景之融合，楼宇成群；街道商家之互助，机缘多变。

安知磐石有爱，春木有灵。传达其意，变幻其形。千载苍天之护佑，百朝大地之安宁。

昔者胡服治军，赵武灵王。置县九原，墓葬他乡。所谓史无涯，著有章。塞上昭君，几曲琵琶而落泪；九原吕布，多年战乱而忧伤。蒙古枭雄铁马征于欧亚，中华将士豪情守于边疆。

诚乃人杰地灵，家乡美丽。流金阡陌，农田编织丰收之美景；山峦环绕，长城陡起飞天之气势。牛羊沐浴于祥光，瓜果常鲜于闹市。

或当几字弯头，长河映月。孤烟直上[②]，瑶枝幽洁。

品尝渡口鱼虾之美味，感怀河岸清新之喜悦。

　　或若乌梁素海，清爽怡人。敛敛光辉，碧水推小舟之脉动；悠悠浅底，清风助闲鹤之波轮。乌拉特雅名之意，能工巧匠；乌拉特景区之美，琼浆甘醇。

　　（注：①北假：秦汉称今内蒙古河套以北、阴山以南夹山带河地区为北假。　②孤烟直上，引自诗句"大漠孤烟直，长河落日圆"。）

乌拉山赋（律赋）

（限韵"山远而见，如在诸掌"）

闲暇无事，足履青山。巍峨险峻，云海之间。观其势如之神兽，出于无始；辨其形若之飞龙，盘古开天。横贯东西，携领长川。高矮群峰之环绕，层叠碧树之缠绵。

常欲拜访登临，繁忙路远。迟行总憾韶光之短促，开窗饱览云移之画卷。苍茫龙骨，依草木而青葱；暗涌溪流，出清泉而流散。

窃闻山中秘境，遇而神迷。云雾轻飘，呈现麒麟之祥瑞；天池深邃，竟容日月之恩辉。寺院春花其艳也，佛前香火其清尔。

原夫美景自然，流连忘返。山峦松柏之长青，深谷桦榆之恒见。乌雀高栖，鼠狐酣战。雄鹰俯瞰而骄姿，狡兔仰观而善变。

安知绝佳之境，日上之初。群岭躬身而静候，红霞炫起而携扶。且复鸟鸣脆，光影梳。恍若人生之幸遇，顿知命运之自如。

又复神秘流传，莫能一概。山水有灵，其情常在。龙泉神树[1]，与之相依，牟纳山神[2]其深爱。方圆百里之山民，信众万千以祭拜。

　　然则虽穷冥想，未探方诸。花落花开，云卷云舒。山后草原且宽阔，山前河岸则丰腴。祖辈生存之宝地，儿孙眷恋之故居。

　　嗟夫！主峰桦背③，云端之上。奇峰相对，形同合掌。群山默语，苍天护佑于黎民；天赐公园，秀美森林以共飨。

　　（注：①龙泉神树：内蒙古乌拉特前旗乌拉山，又名牟纳山，山脚下有"龙泉神树"景区。②牟纳山神：内蒙古乌拉特前旗乌拉山一带，自古有"牟纳山神"的传说。③桦背，指乌拉山主峰大桦背。）

附录

（花鸟虫鱼蒹葭月，山水林田湖草沙……）

深情温厚，浸润心田

——《乌梁素海我的家乡》词曲赏析

漠 耕

"深情的眼眸映照着霞光，炊烟袅袅绿树绕村庄……乌梁素海鸿雁起飞的地方，承载着我们明天的梦想！"近期，一曲《乌梁素海我的家乡》唱热了网络，唱开了疫霾笼罩下人们的心扉，唤醒了人们对美好生活的憧憬和向往，给枯燥单调的宅家抗疫生活，注入了一股清新的海风和鲜亮的色彩。

这首由内蒙古作协会员，乌拉特前旗作协主席、诗词学会会长贾雨川作词，著名作曲家歌唱家朱永飞作曲并演唱的新作，一经推出就获得了广大网友和专业人士的喜爱和传唱。网易热度两天之内突破44万阅读量，为这首歌的生命力打下了坚实的基础。同时快手、抖音、微信、K歌、酷狗音乐、腾讯视频和各大官方公众号都在大量转发，传播速度如潮水般汹涌澎湃，热度不断攀升，形成了不小的"乌梁素海情怀风暴"。美丽清澈的乌梁素海，因为这首歌而披上了深情温厚的文艺面纱，给乌梁素海的"花鸟虫鱼兼葭月，山水林田湖草沙"带来了辽阔高邈、浩瀚悠远的苍茫意境和缠绵悱恻的柔美心音。音乐是心灵的艺术，也是自然的艺术，是超越人类社会束缚的自由灵魂的境域。在这样清波微荡的描述和深情诉说的境界中，我们能够通过歌词与旋律感受到，乌梁素海那种如仙女般去洗铅华的自然本色的静美。"莫尼山守护在身旁，睡梦中，还记得你的模样……"这里把莫尼山拟人化成一位守护乌梁素海的卫士，这就给人带来了如情人相会的传奇色彩。"睡梦中，还记得你的模样"词句洗练，含义深广。既有依恋的情绪，又有回忆的怅惘；既有深情讴赞，也有心灵的诉求。旋律上以柔、缓、深、静为主，将碧波无垠的乌梁素海的柔美风光演绎得酣畅淋漓。

近年来，写乌梁素海的歌曲也有不少。遍寻全网，真正有质量、有生命力的写乌梁素海歌曲却不多。在歌词创作上，大部分歌曲过于写实，着重于"乌梁素海是什么"的阐释；忽略了"乌梁素海像什么"的拓展。尤其是大部分歌词关注点在生态良好、风景优美上不遗余力描绘，而不在乌梁素海的传奇色彩和生命力上开掘。造成了大部分歌曲没有深挖乌梁素海的文化内涵和精神内韵，造成了歌曲韵味不足，想象力不够丰富，让人记得住的亮点就很少。歌曲的艺术高度在于感染力和表现力。没有打动人的痛点和亮点，就会流于平淡。而这首《乌梁素海我的家乡》不仅深情婉致，还氤氲着传奇色彩。词作者并没有停留在乌梁素海如

何美的实景描绘上，而是打开想象的闸门，想象乌梁素海如少女般温柔，如碧玉般清纯。且将莫尼山比拟成卫士，这就留足了想象的空间，让人不由得思考乌梁素海与莫尼山之间若隐若现的恋情或相互依托。

乡愁是文学艺术歌咏的永恒主题。每一个人心中的乡恋、乡情、乡愁都牵着漂泊的脚步。"此夜笛中闻折柳，何人不起故园情。"词作者贾雨川生长在乌梁素海之畔，对乌梁素海的山光水色、一草一木无比熟悉和亲近。而且他不愿意只把乌梁素海描绘成一汪碧水、一处风景。由于心中对湖水和动植物的深爱，所以才产生了文学性的开掘，艺术性的表达。"深情的眼眸，映照着霞光……妈妈的呼唤耳边回响……乌梁素海，鸿雁起飞的地方"，作者仅选取了大众熟知的普通的意象，经过组合和开掘，便产生了离奇仙幻的艺术效果。词作者仅用乡愁的元素：眼眸、霞光、呼唤、鸿雁起飞等词汇，便创造了如梦如幻的艺术境界，收到了"言外有深意，尽在不言中"的艺术效果。

朱永飞是蜚声全国的音乐人和歌手。他的作品围绕巴彦淖尔人文地理和乡土情怀不断迭代推陈，形成了高亢、深情、开阔、典雅的艺术风格。这次创作这首歌的歌谱，也是饱蘸了乡愁之笔、热恋之情来进行深度演绎。他不仅仅自己谱曲，还亲自演唱，特别是在"中国·乌梁素海国际冰雪旅游节"及其他民歌大赛上，为这首歌的传唱推动亲自站台，不遗余力演绎乌梁素海的内涵与神韵。旋律优美、温厚、纯情，没有大起大落，没有声嘶力竭，只是守着一方山水乡恋，守着一份热爱和崇敬，娓娓轻唱，柔柔诉说。就像个海外游子归家时的深情，抚摸着乌梁素海一草一木的温度，感受如恋人、如母亲的温柔，尽情享受蓝天碧水空明清澈的生态之美，歌喉宛转悠扬，深沉静美，让人不知不觉获得了美景的滋养、传说的启迪、乡愁的慰藉和生命的成长。

乌梁素海是中国八大淡水湖之一。独特的地理位置和资源禀赋，使乌梁素海名声大作。然而，乌梁素海的地域文化并不是很丰富，属于她的文化符号和标志还欠缺很多。这次贾雨川、朱永飞二人联袂创作，并且成功传播，给乌梁素海的地域文化开发和形成，带了个好头，起到了乌梁素海歌曲创作的领航作用。但愿越来越多的艺术方家，能够关注乌梁素海，倾心乌梁素海，讴歌乌梁素海。让这颗塞外明珠，更加地璀璨夺目，耀眼世界。

2023 年 2 月 4 日

附

录

205